Una homosexualidad propia

INÉS MARTÍN
RODRIGO

Una homosexualidad propia

Una reivindicación de la identidad lésbica a través de sus referentes culturales

DESTINO Referentes
Volumen 11

Ediciones Destino, un sello editorial de Editorial Planeta, S. A.
Avda. Diagonal, 662-664, 08034 Barcelona (España)
www.planetadelibros.com
www.edestino.es

Primera edición: junio de 2023
ISBN: 978-84-233-6362-9
Depósito legal: B. 8.169-2023
Composición: Realización Planeta
Impresión y encuadernación: Liberdúplex, S. L.
Printed in Spain - Impreso en España

Del mismo modo que un carpintero es capaz de hacer tanto un patíbulo como un altar, el escritor es capaz de describir un mundo trivial o exquisito, material o abstracto, absurdo o preñado de sentido. Las palabras son madera.

MARY OLIVER,
Horas de invierno (errata naturae, 2022)

ÍNDICE

Marimacho

Tengo una querencia especial por las palabras. Me gustan y disfruto jugando con ellas, un gozo que es la finalidad primera y última de la escritura, al menos de la mía. Me detengo en su sonido, en su rima, en su entonación. Las pronuncio con atención y así también las escucho. Por eso las escojo con cuidado, siendo muy consciente de su significado, de lo que encierran sus sílabas, de la realidad que describen, teniendo en cuenta, además, que muchas de ellas presentan diversas acepciones, no opuestas, pero sí, en algunos casos, bien diferentes y muy desconocidas. Cada año, de hecho, aguardo con un entusiasmo casi infantil, algo ingenuo, a que llegue el día, siempre a finales de diciembre, en el que la Real Academia Española (RAE) anuncia el nuevo grupo elegido para entrar en su Diccionario, como si por ser seleccionadas recibieran un trato especial o existieran más y mejor que el resto, aquellas que todavía permanecen en los márgenes del lenguaje, que se usan pero no tienen identidad oficial.

Todo este rodeo semántico y sintáctico responde a mi reticencia a escribir la palabra con la que paradójicamente he decidido, por mucho que nunca sea fácil arrancar un libro y después de meditarlo largo tiempo, comenzar estas líneas: *marimacho*. Es un rechazo subjetivo, personal, que tiene su raíz, profunda y arraigada, en el origen parcial de este texto. Aunque, recurriendo ya a motivos algo más objetivos y prosaicos, es un término poco agraciado, sus rasgos caligráficos no son favorecedores; *marimacho* suena mal y por lo tanto es una palabra fea. No es un planteamiento simplista ni caprichoso, o no del todo, al menos. No me gusta pronunciar esa palabra, me incomoda y evito escribirla. Pero lo que nunca he soportado ha sido escucharla, y he tenido que hacerlo en bastantes ocasiones, la mayoría de ellas durante mi infancia y mi adolescencia.

Según el Diccionario de la RAE, *marimacho* es una «Mujer que en su corpulencia o acciones parece hombre», significado que dudo que conocieran, porque no les importaba ni eran conscientes de lo que implicaba social y culturalmente, quienes usaban ese vocablo para dirigirse a mí y describirme, pues solo buscaban insultarme. Y así lo percibía yo. Cada vez que oía ese *marimacho*, entonado con desprecio, como si en lugar de decirse se escupiera, me sentía rechazada, acosada, incomprendida, fuera de ese lugar llamado *sociedad*, tan inhóspito como inaprensible, que repele hasta expulsarlo todo lo que se escapa de lo considerado (¿por quién?, ¿basándose en qué?, ¿desde cuándo?, ¿por qué?) como normal, siempre normativo, excluyente.

Es una palabra, *marimacho*, que curiosamente en el Diccionario no se considera despectiva, solo se describe como *coloquial*. Sí son despectivos, en opinión de la Academia y sus académicos (en la actualidad, y sin temor a que la cifra quede desactualizada pronto, hay nueve mujeres académicas de número en la magna institución), dos de sus sinónimos, no tan empleados, seguramente por pereza, inercia o puro desconocimiento: *machota*, que es una «Mujer hombruna, marimacho», y *machorra*, cuya tercera acepción, «Hembra estéril», conecta con la capacidad reproductiva de las mujeres, condición que todavía hoy tristemente nos define. La maternidad, que es un derecho y como tal puede o no ejercerse, no debe ser el centro de la identidad femenina. Pero esa es otra batalla y corresponde plantearla en otros textos.

Los niños y las niñas que así se dirigían a mí («¡Marimacho!», escrito entre signos de exclamación, ya que era como se profería, con agresividad) en el colegio, en las actividades extraescolares, en los cumpleaños o en el parque lo hacían porque antes lo habían oído en sus casas o en sus entornos familiares. El lenguaje, como tantas otras cosas, como las conductas, como las costumbres, como la educación, al fin y al cabo, se aprende también, aunque no solo, por contagio e imitación. Una tiende a repetir lo que ve y lo que escucha, de manera irracional e inconsciente, pero lo hace. «Esa es una marimacho», «Menuda marimacho está hecha», «Inés es un (sin la letra *a* al final, cambiando de género a la palabra y a su receptora) marimacho», debían de decir los padres, los abuelos, los tíos de mis compañeros de clase en conversaciones banales, aparentemente inocuas y, sin embargo, destructivas.

¿Acaso yo era un marimacho? ¿Era una «mujer (niña, entonces) que en su corpulencia o acciones parece hombre»? Es verdad que era grande, alta, bastante más que la media de mi edad, como quedaba claro en la fotografía que anualmente nos tomaban en el colegio, donde me colocaban siempre en la última fila, con mi corte de pelo a lo Playmobil y mis chapetas coloradas. Pero ¿cuáles eran esos comportamientos que me hacían, a ojos del resto, de todos los demás, de la *sociedad*, parecer un niño? ¿Qué acciones eran más propias de los niños que de las niñas? ¿Actuaba yo así, como no (se) debía, a tenor de los insultos que recibía? ¿Qué había mal en mí? ¿Qué era lo inadecuado en mi forma de ser, lo *anormal*?

Para poder responder a esas preguntas, que no me planteé porque no pude —no fui capaz, hasta muchos años después de aquello, seguramente demasiados—, tuve que recurrir al tópico que, como la etiqueta, siempre constriñe, y a mí, al menos, me asfixia. De los colores a los deportes. De la apariencia física a la estética. De los juegos y los juguetes a los dibujos. Lo rosa vinculado a lo femenino y lo azul, a lo masculino: paredes de habitaciones, sábanas, edredones, mantas, cunas, cochecitos, ropa, zapatos... Las muñecas, las cocinitas, las tablas de planchar, las lavadoras y secadoras, los utensilios de pelo, para las niñas. Los balones, los coches, los indios y los vaqueros, incluso los videojuegos, para los niños. Pero a mí no me gustaba jugar con muñecas, como mucho, peinarlas; no tuve ni una sola, ni Barbie ni Nancy ni Nenuco siquiera.

Mis ídolos eran el *Superman* de Christopher Reeve (perdí un diente por su culpa, pues con la toalla que una tarde de verano improvisé como capa no volaba) y Michael Knight (pronunciado, con mi lengua de trapo, *Nain*) y su *coche fantástico* (todavía hoy, cada vez que lo recuerdo, tarareo el ochentero tema de Stu Phillips). Disfrutaba echando partidos de fútbol en los que otra compañera y yo éramos las únicas niñas y viéndolos en la televisión, montando en bicicleta, jugando al tenis y al pimpón, disfrazándome de Peter Pan o Capitán Garfio en carnaval. Siempre pedía para Reyes un futbolín y un Scalextric, que nunca me trajeron porque eran demasiado caros, como después descubrí con todo lo demás. Odiaba los vestidos, las faldas, los leotardos, las medias, llevar el pelo largo. Y todo eso hacía que, al compararme con las demás niñas, con mi hermana, un año menor que yo, me sintiera distinta, extraña y profundamente culpable.

Es un pensamiento injusto, tanto para mis padres como para mí, pero creo que tuvieron suerte de que a ella sí le gustaran todas las cosas que debían gustarle porque era una niña. Al menos con mi hermana no se salieron de la *norma*. Yo era la *rarita*, el (empleo el artículo determinado, la palabra, una vez más, como condicionante de género) *marimacho*, y ella lo compensaba con creces, pues encajaba a la perfección en los comportamientos, las aficiones, las apariencias, las preferencias asociadas a lo femenino, todas mis supuestas carencias. No digo que mis padres lo pensaran de manera racional, que se sintieran aliviados y hablaran de ello, con la televisión de fondo, al irnos nosotras a la cama, que es el único rato de intimidad que les queda a las parejas mientras crían a sus hijos. Pero me cuesta imaginar (nunca he podido preguntárselo a ninguno de los dos por razones diversas, muy diferentes, en las que abundaré en las siguientes páginas) que en el contexto en el que mi hermana y yo crecimos, en un pueblo de poco más de mil habitantes, mis padres no sufrieran la presión social de ver, de comprobar a diario que su hija mayor no era como las otras niñas, que no era *normal*. Que era un *marimacho*. Y sin embargo en casa, en mi familia, nunca me sentí juzgada, coaccionada o mediatizada. Fui una niña libre, todo lo libre que pude, al menos de puertas adentro. Por eso me entristece (es eso, tristeza, no enfado ni rabia) escuchar a la madre de L. decir, como quien recuerda una historieta, buscando provocar la risa inocente, que a su hija pequeña solo le gustaba jugar con pistolas. «Iba por toda la casa disparando y yo pensaba: a ver si nos va a salir *rarita*, de la acera de enfrente.» Esa anécdota, que ella sigue contando con frecuencia, es de hace ya unas cuantas décadas, pero continúa marcando, desde la distancia que impone lo velado, la relación de ambas.

Lo único que siempre se salvó del encasillamiento, del juicio propio y ajeno, fue la lectura. Determinados libros nunca fueron más de niños que de niñas o viceversa. Ni en casa, ni en la biblioteca, ni en el colegio, ni en las librerías. Al menos así lo viví yo. Podía disfrutar lo mismo, sin sentirme mal por ello, de *La princesa y el guisante* o de *Blancanieves* que de *Pinocho* o de *El gato con botas*. Luego llegaron *Los cinco*, de Enid Blyton, *La historia interminable*, de Michael Ende, o todos los cuentos de Roald Dahl, de *Matilda* a *Las brujas*. Gracias a aquellos personajes maravillosos podías ser lo que quisieras, también una niña a la que le gustaban las cosas que solo podían gustarles a los niños. La literatura, de nuevo, como refugio frente a la adversidad vital, como tabla de salvación. A ella me agarré entonces y lo sigo haciendo hoy, cada día.

De ahí este libro, fruto de mi compromiso y de mi sentido de la responsabilidad. Es, sin duda, el texto que a mí me habría gustado leer antes de juzgarme sin conocerme, y así espero que sea recibido. Aspiro a contar lo que nunca pude leer, lo que no tuve oportunidad de escuchar. La historia de lo silenciado, de lo estigmatizado, de lo oculto, del largo camino a tientas, si no a oscuras, hasta el descubrimiento de mi orientación sexual, hasta poder reconocerme como mujer homosexual. Sin miedo. Con orgullo. Porque los derechos no están garantizados y es en los momentos críticos, de inestabilidad, en los que es necesario dar un paso al frente. Podría haber sido una niña como las demás, con su camisita y su canesú, a la que le gustaran las muñecas y le chiflara disfrazarse de princesa y, además, lesbiana. Por supuesto. Lo contrario sería un argumento absurdo y carente de razones. Pero no lo fui. Y esta es mi historia, propia y, sin embargo, universal. Para eso también sirve la literatura, para mirarse en el espejo de los otros.

Pecado

Nadie me ha hablado nunca con un afán didáctico de *sexo*, una palabra que, por otra parte, me cuesta pronunciar; a veces me atasco con la equis, algo sobre lo que Freud tendría mucho que decir, aunque poco me han importado siempre sus divagaciones. Todavía hoy no me siento cómoda del todo si sale el tema durante una conversación, con independencia de los interlocutores o del contexto en el que se produzca. Sé que ese sentimiento, entre vergonzante y ruboroso, limitador, sin duda, no tiene tanto que ver con mi orientación sexual, con el hecho de que me atraigan las mujeres y sean ellas y solo ellas quienes me provoquen placer, como con la circunstancia, desde luego no única ni excepcional, de que ni en casa ni en el colegio recibí la más mínima noción de educación sexual.

En mi adolescencia, todo lo relacionado con el

sexo formaba parte de una bruma espesa e impenetrable. Mi generación no ha sido tan castrada emocionalmente como las que la preceden, pero tampoco ha recibido la suficiente orientación al respecto, con consecuencias nefastas en muchos casos, a veces psíquicas y otras físicas.

Nací en la España de 1983, un año lo suficientemente alejado de la dictadura como para crecer sin la rémora del pasado carente de libertades y lleno de dolor, pero lo hice en un pueblo pequeño, en un entorno católico practicante y cogida de la mano de mis abuelos maternos. No fueron ellos quienes me educaron, sino mis padres, aunque mi hermana y yo pasábamos mucho tiempo en su casa (fines de semana, vacaciones), el suficiente para que se convirtieran en dos referentes con un papel tan importante en nuestras vidas como el de nuestros progenitores. De ellos, sobre todo de mi abuela, pues mi abuelo era más reservado, aprendí (sí, ese es el verbo adecuado, *aprender*) que el *sexo*, palabra que nunca salió de su boca, era pecado, además de sucio, repugnante, doloroso y, desde luego, estaba prohibido hasta la noche de bodas.

El matrimonio por la Iglesia aparecía en el horizonte, especialmente en el femenino, desde una edad tan temprana que cuando jugábamos lo mismo cantábamos «Al corro de la patata, comeremos ensalada, lo que comen los señores, naranjitas y limones. A chupé, a chupé, sentadita me quedé» que «Soy capitán, soy capitán, de un barco inglés, de un barco inglés, y en cada puerto tengo una mujer. La rubia es, la rubia es, fenomenal, fenomenal, y la morena tampoco está mal. Si alguna vez, si alguna vez, me he de casar, me he de casar, ¿con quién me casaré?». Esta última canción solía entonarla un niño que, desde el centro de un corro, iba pasando de niña en niña y señalándolas con el dedo hasta dar con la escogida. ¡Ay, si no te elegían! ¡Estabas perdida! Era un juego infantil, lo sé, pero, ya puestos, me quedo con el del pañuelo. En ese contexto, la virginidad era un tesoro que, sobre todo las mujeres, debíamos preservar con celo hasta que llegara el hombre adecuado al que entregarle nuestra intimidad más preciada, pero sin compartirla con él. Y ojo con dejarse tocar más de la cuenta en la discoteca o en cualquier otro lugar oscuro y apartado. Mientras ellos eran unos *machotes* («Hombre vigoroso, bien plantado, valiente»), ellas eran unas *lagartas* («Prostituta», según la duodécima acepción del Diccionario de la RAE). No estoy hablando de la inseguridad que todas hemos sentido y seguimos experimentando al volver a casa de noche solas, o de la que ahora sufren las generaciones más jóvenes incluso en lugares públicos, con miedo, con pavor a notar un leve pinchazo que anule su voluntad. Me refiero al tonteo, siempre consentido, propio de la adolescencia. Todo lo demás es abuso.

Nunca, en aquella época, me masturbé conscientemente. No sabía cómo hacerlo, ni si debía. Los chicos se hacían *pajas* y presumían de ello, pero las chicas no podíamos darnos placer, como mucho procurárselo a ellos. Nunca me enseñaron a usar un preservativo. Ahora que lo pienso, creo que no he llegado a comprar ni una sola caja, ni en la farmacia ni en el supermercado. En su momento era algo vergonzoso y, después, innecesario. Los condones eran esos restos de plástico, asquerosos y fuente de contagios y enfermedades, que veías en las calles por donde no debías pasar o en los parques (ahí compartían espacio con las jeringuillas, así de crudo era el territorio infantil de la época) y que no debías tocar, ni siquiera para darles un puntapié.

Me avergüenza confesar que durante un tiempo no supe exactamente en qué circunstancias una mujer podía quedarse embarazada, *preñada*, marcada de por vida si todavía no estaba casada. ¿Cómo podías saber si un chico se estaba propasando contigo? ¿Qué era *meter mano*? ¿El beso con lengua era más *pecado* que sin ella? ¿Debía confesarme no solo por haber podido cometer acciones impuras, sino por tener deseos o pensamientos libidinosos? ¿De qué naturaleza eran esos pensamientos? ¿Y si lo soñaba? Desconocía por completo en qué consistía el acto físico, ese *hacer el amor*, expresión cursi donde las haya y que todos y todas descubrimos entonces en las *películas para mayores* que veíamos cuando nuestros padres no estaban en casa (la primera, para mí, fue *El guardaespaldas*, y ya me diréis las escenas *subidas de tono* que en ella hay, más allá de ser la típica y tópica historia romántica del caballero valeroso y apuesto que salva a la dama, guapísima, claro, y en apuros).

Bastante tenía con ser una analfabeta sexual, que lo era, como para plantearme que además había una

«Inclinación erótica» (me apoyo, de nuevo, en la definición del Diccionario de la RAE) llamada *homosexualidad*, según la cual los hombres se sentían atraídos por los hombres y las mujeres, por las mujeres. Es decir, que, como mujer, no solo podían gustarte los hombres, ¡también las mujeres! Ser gay o ser lesbiana (hago la distinción porque, una vez más, el Diccionario la hace al referirse al término *gay*: «Dicho de una persona, especialmente de un hombre: homosexual») no estaba contemplado en el escenario social ni familiar que habitaba, aunque yo lo fuera y entonces no lo supiera o simplemente rechazara la mera posibilidad de serlo. Por no mencionar que la identidad de género (no binaria, fluida, lo *trans*, lo *queer*, todas las realidades que hoy están bajo las siglas LGTBIQ+) ni siquiera había empezado a nombrarse todavía y por tanto no existía, al menos no en el mundo en el que yo crecí. El contexto lo es todo, nos define y condiciona, igual que lo personal (también esta historia) es siempre político, y mi contexto era ese.

De la misma manera que a mí me llamaban *marimacho*, había niños a los que en el pueblo los insultaban diciéndoles *maricas*, un término que, por cierto, el Diccionario de la RAE sí considera despectivo (no así *sarasa*, palabra *coloquial* que describe al «Hombre afeminado»). Y también había hombres que en su momento fueron esos niños y que se condenaron por ello a la más absoluta soledad. Estaba ese muchacho cuyo entorno justificaba su *amaneramiento* por haber crecido rodeado de mujeres, o ese otro que se marchó del pueblo buscando la posibilidad de una vida en la que pudiera ser él mismo (acabó en el Ejército, aunque no lo creáis). Pero nunca hubo mujeres. Ni siquiera se daban los clásicos ejemplos, amparados en la histórica invisibilidad femenina, en los que la sobrina vivía con la tía, o fulanita y menganita compartían casa para hacerse compañía después de que una de ellas hubiera enviudado. Yo no los conocí, no tuve ni esos *referentes*.

La mujer que yo conocía solo podía amar, enamorarse, querer y, por supuesto, follar (este verbo está en lo más alto de la lista de la fealdad de la lengua española) a un hombre. Todo lo demás era una aberración que yo ni podía considerar. Si alguna vez se me pasó por la cabeza, lo identifiqué como una *tara* (la expresión «Es un desviado» la oí por primera vez entonces y no siempre con ánimo despectivo, sino para evidenciar lástima, que no compasión). Así fue, y durante muchos años, desde el momento en el que tuve clara mi orientación sexual, me he sentido profundamente culpable por ello. Mientras escribo estas líneas pienso que tal vez este libro busque también, de algún modo, ser un acto de contrición (he ahí la huella católica, imborrable, como una mancha de fuel, así de negra), de reparación por todo el daño que me hice.

En aquel batiburrillo sexual con el que crecí, en medio del que me fui abriendo paso a ciegas, entraba la regla, de la que tampoco nadie me contó nunca nada. Solo sabía por mi abuela que cuando me bajaba el *periodo* era mejor que no me bañara, ni en la piscina, ni en el mar ni, por supuesto, en la bañera o en la ducha, porque se podía *cortar*. Sobre todo con agua fría. Y no fueron pocas las veces que, sin que se enterara mi madre, lo cumplí por miedo a que sucediera y, luego, ¿cómo volvería? Porque, además, las chicas que se quedaban embarazadas habían *perdido* la menstruación. Y pensar que no mucho tiempo después la amenorrea (otra cúspide de la monstruosidad léxica) sería uno de los primeros síntomas de mi anorexia...

Soy lesbiana

Hace poco una amiga, durante una cena, me preguntó, movida, supongo, por la curiosidad, y también por los estériles debates actuales en torno a la identidad de género (nada que ver, por otro lado, con la orientación sexual, pero en fin), cuándo fui consciente de que era lesbiana, si desde pequeña supe que me atraían sexualmente las mujeres o fue algo que descubrí más tarde. Y la verdad es que aquella pregunta, que en ningún momento me incomodó (lo aclaro por si hubiera dudas, aunque no tendría por qué haberlas), me hizo pensar. Mejor dicho, me obligó a pensar. Porque era un asunto que nunca, hasta entonces, me había planteado de manera evidente o no para tener que dar una respuesta rápida, concreta y, a ser posible, clara.

Así, en cuestión de segundos y mientras el resto

de los comensales, todos amigos, esperaban mi respuesta con interés, dado que era la primera vez, pese a que nos conocemos desde hace tiempo, que lo hablábamos, retrocedí hasta mi infancia y mi adolescencia. No fui la única objeto de aquella pregunta. Se lanzó en la mesa y quienes allí estábamos, todos dueños de una sexualidad no normativa, respondimos. P., por ejemplo, recordó que, en su caso, los hombres le gustaban desde bien chico, y describió escenas muy duras que tuvo que vivir en el bar de su padre en un municipio andaluz en la década de los setenta. L., siempre sonriendo, procurando restarle importancia a lo que duele y marca, aclaró que a ella las mujeres le habían dado morbo siempre, pero tuvo que llegar alguien para empujarla. C. contó que en los ochenta, su década prodigiosa, mantuvo relaciones con hombres y con mujeres y disfrutó, sin ningún remilgo, de las unas y de los otros.

A medida que ellos iban hablando, yo iba rememorando, en mitad de un ruido ensordecedor, muy molesto, con una música estruendosa de fondo, algunos de los momentos que en las páginas previas he descrito. Y en ese instante me di cuenta de que durante los años en los que supuestamente descubrimos (lo intentamos, al menos) quiénes somos, también en materia sexual, yo no lo hice porque no pude hacerlo. No negaré lo escrito hasta ahora: en esa época me sentía distinta, ajena a la realidad que me rodeaba (expulsada de ella; ahora, más de tres décadas después, lo entiendo), y me costaba mucho integrarme. Siempre tuve pocas amigas y es curioso que emplee el género femenino para describirlas: entonces, los niños solo podían ser amigos de los niños y las niñas, de las niñas; era algo incuestionable, y lo triste y preocupante es que hoy todavía lo sigue siendo en algunos contextos y en ciertos ambientes.

Recuerdo, por ejemplo, como si hubiera sucedido ayer mismo, que durante un tiempo, estando en tercero de EGB (es decir, que tenía ocho o nueve años), me carteé en clase con un niño que decía querer ser mi *novio*, hasta que decidió no serlo y lo solucionó con un «Somos novios, pero no me mandes más cartas». Entonces lo viví como lo que debía ser y no estoy segura de que fuera: un juego inocente y un poco emocionante, también, por aquello de la ilusión del *primer amor* (acababa de ver *Mi chica*, la película de

Anna Chlumsky y Macaulay Culkin, con la preciosa canción homónima compuesta por Smokey Robinson y Ronald White para The Temptations). Pasado el tiempo, y vividas muchas más cosas, algunas profundamente dolorosas, me di cuenta de que fui objeto de una burla por parte de la clase: el *marimacho* cortejado por uno de los chicos más guapos. No solo no era un secreto, sino que todo el mundo estaba al tanto de la chanza.

Si soy sincera, y de eso se trata, de lo contrario no estaría escribiendo este libro, no me planteé mi verdadera sexualidad hasta mis años de universidad, e incluso algo más tarde. Por miedo, seguro. Por cobardía, también. Por vergüenza, desde luego. Por desconocimiento, sin duda. Pero, sobre todo, por las condiciones en las que tuve que madurar, sin tiempo para otra cosa más que para sobrevivir. No me estoy escudando en mi historia personal para justificar el tardío reconocimiento de mi lesbianismo, ojo. Estoy, simplemente, describiendo una realidad: la mía propia.

Todo lo que he contado hasta ahora hace comprensible que yo tuviera una relación especial con mi madre, muy estrecha, dependiente. Como todas las hijas con sus madres, diréis, recurriendo a la siempre engañosa, por incierta, generalización. No, como todas no. Pero estas líneas no están destinadas a profundizar en ese vínculo indisoluble. A finales de su treintena (a mí me tuvo con veintisiete años, así que echad cuentas), y tras ir durante meses de un médico a otro sin que ninguno supiera lo que le sucedía o fuera capaz de poner nombre a aquellos dolores que le provocaban cólicos terribles, a mi madre finalmente le diagnosticaron un tumor retroperitoneal maligno y en un estadio bastante avanzado (IV, para ser exactos). Cáncer. Sin perder, creo, nunca la esperanza se sometió a una operación infructuosa y a intensas sesiones de quimioterapia que le causaban más padecimiento que bien (todavía recuerdo el lacerante olor, entre ácido y metálico, que desprendía aquella máquina del demonio), y para las que tenía que desplazarse hasta Madrid (nosotros vivíamos en un pueblo a casi dos horas en coche).

La última vez que la vi fue poco después de mi catorce cumpleaños, en el hospital en el que había ingresado para recibir un nuevo tratamiento, según nos dijo a mi hermana y a mí. Estaba medio sedada, muy hinchada, tenía los labios secos, agrietados, y ya no podía comer. Aquel día todavía sacó fuerzas para preguntarme por la ceremonia de mi graduación (yo estaba en octavo de EGB y era final de curso) y le pidió a una de mis primas mayores, con la que tenía una estrecha relación de amistad, que me acompañara. Cuando salí de su habitación, mi abuela me contó la verdad que hasta entonces me habían ocultado: «Mamá se muere». Ella se acababa de enterar también y buscaba el apoyo de su nieta mayor para enfrentarse a la más cruel de las circunstancias que una madre puede vivir: la pérdida de su hija. Al llegar a casa, se lo dije a mi hermana. Lo hice en nuestro cuarto de juegos, y en ese momento se acabó mi infancia.

Mi madre falleció el 21 de junio de 1997, a los cuarenta y un años. Para entonces, yo ya llevaba bastante tiempo enferma. La depresión en la que me sumí tras su muerte derivó en una anorexia por la que, dos meses y medio después de su entierro, acabé ingresando en un hospital. Pesaba 34 kilos. Había decidido dejar de comer porque me quería morir. Esta frase, tan sencilla en su estructura gramatical como complicada, primero, de asimilar y, después, de aseverar, es fruto de años de terapia gracias a los cuales logré sobrevivir, o empezar a vivir de nuevo otra vida, completamente distinta, sin mi madre. Igual que quienes reciben el trasplante de un órgano a veces fijan una nueva fecha de cumpleaños en el calendario, pero sin celebraciones.

Me pasé toda mi juventud triste, hasta que fui capaz de recordarla con la misma alegría que su rostro siempre desprendía. Hoy lo sigo haciendo, aunque la memoria se va volviendo tenue; y eso es lo que más me aterra, olvidarla. Pero se quedaron tantas conversaciones pendientes entre nosotras, tantas palabras suspendidas en la ausencia que a veces pienso que si decidí convertirme en escritora fue para contarle, precisamente, todo lo que no pude porque no tuvimos tiempo. Ese «Mamá, me gustan las mujeres» que nunca he podido pronunciar, y que, de manera insinuada, más velada, o tan evidente como su lectura, se desprende, en realidad, de cada una de estas páginas.

Muchas veces, desde que tengo plena conciencia de quién y de cómo soy, desde que me reconozco en la persona que escribe estas líneas, me he preguntado qué pensaría mi madre. Me inquieta, lo confieso, cómo habría reaccionado si me hubiera escuchado decir: «Soy lesbiana». Si me aceptaría. Si le parecería bien, por ejemplo, que haya decidido publicar este libro. Si no se habría llevado las manos a la cabeza gritándome «¡Inés María!», como me llamaba siempre que se enfadaba conmigo, al ver expuesta mi intimidad (y por lo tanto la suya) de un modo tan crudo, por miedo, en definitiva, a que me hicieran daño. Luego pienso en que me quería con locura, en que mi hermana y yo crecimos, pese a todo el dolor de su enfermedad, en un hogar lleno de comprensión, de cariño, de apoyo y de empatía. Y la inquietud se desvanece. Pero la verdad es que nunca lo sabré. Como tampoco podré saber si estaría de acuerdo con las decisiones que, desde que murió, debí ir tomando casi en soledad, aprendiendo a madurar sobre la marcha, teniendo la suerte, eso sí, de haber conocido a mujeres maravillosas que hoy son mi familia, mujeres como P., que me arroparon y me enseñaron a querer y a ser querida.

Pero ¿cuándo, en ese proceso de aprendizaje, de querer y ser querida, me di cuenta de que me atraían sexualmente las mujeres? No hay un día exacto, ni un acontecimiento, feliz y sorpresivo, que provocara todo lo demás, que lo desencadenara. No sé cómo fue, pero fue. Es difícil de explicar, aunque para eso están las palabras, y en especial estas palabras. Lo que sí sé es que no lo viví de manera traumática. Sí silente en mi círculo más íntimo, familiar y de amistades, y también en el profesional, donde nadie sabía cómo me sentía. Pero no traumática. Supongo que, en el fondo, para mí fue un proceso natural e inevitable, casi orgánico, aludiendo al cuerpo que por fin me sentía cómoda habitando, aunque hoy siga sin poder mirarme al espejo.

Durante varios años, salí con chicos (lo de hombres, en este contexto, es excesivo). Pero nunca me he acostado (el eufemismo derivado de la séptima acepción de este verbo me fascina: «Dicho de una persona: mantener relación sexual con otra») con ninguno. El primero no, porque éramos muy niños, sobre todo yo, y se trataba, más bien, de recuperar la alegría de vivir, pero supongo que el resto, que no son muchos, pensarían que era una estrecha («Dicho de una persona: que tiene ideas restrictivas sobre las relaciones sexuales», también en la séptima acepción del término en el Diccionario de la RAE) debido a mi educación, católica de raíz, extirpada a tiempo y con el tiempo. Simplemente, no sentía atracción sexual por ellos y por eso evitaba los momentos de más intimidad, que, por otra parte, me aterraban e incomodaban. Era todo un engaño, inocente, pensaba y pienso, pues no había en él pretensión de dañar (como mucho, a mí misma), pero engaño, aunque entonces todavía no fuera consciente.

Todas esas relaciones acabaron más pronto o más tarde (ninguna fue muy duradera), si bien nunca fui yo quien les puso fin. No me atreví. No fui capaz. Simplemente, iba dejando que pasara el tiempo, me iba alejando, coleccionando excusas para no quedar, para no vernos, para no ir al cine o para no hacer el viaje planeado, hasta que eran ellos quienes tenían que dar el paso. ¿Era cobarde? La cobardía es profundamente humana, lo mismo que el error y la contradicción. Lo cierto es que estaba perdida y, para salir de aquel laberinto de sentimientos encontrados y emociones contradictorias y tan comprometidas, había empezado a buscar en el mundo de la cultura, el que más me apasionaba y hacia el que encaminaba ya mis pasos profesionales, referentes en los que mirarme sin que el reflejo obtenido me traicionara. Esas mujeres que se sentían como yo: atraídas sexualmente por otras mujeres. Aunque al principio solo las encontré (y eran pocas y dañinamente prototípicas) en películas o en novelas. Porque a veces la realidad tarda en imponerse incluso más que la ficción.

Pon a un amigo gay en tu vida

Durante años, los previos a mi entrada en la universidad y también mientras allí estudié, no conocí a ninguna lesbiana. No es una exageración con fines literarios y, en este caso, espurios; nada de lo aquí narrado lo es. En mi círculo personal, no había. Pero tampoco lograba dar con ellas, y mira que las busqué y rebusqué, en los productos que consumía en televisión, responsables de la configuración de mi primer imaginario cultural, muy básico, sí, pero determinante. A lo sumo, me encontré con hombres homosexuales, y no de manera abierta, no que vivieran su orientación sexual sin una cierta culpabilidad, arrastrados por el peso que conlleva el sentirse distinto, porque para los demás lo eran.

Si pienso en las series juveniles de las décadas de los noventa y de los 2000, que marcaron a varias generaciones españolas, de *Sensación de vivir* a *Aquellos maravillosos años*, pasando por *Blossom*, *Felicity*, *Es mi vida* o *Salvados por la campana*, por citar algunas de las que recuerdo, en muy pocas había personajes homosexuales: Susan y Carol, en *Friends*, responsables del primer desengaño amoroso de Ross; Matt, en *Melrose Place*, víctima de homofobia en la trama (es despedido, hasta en dos ocasiones, por su condición sexual) y con un final muy dramático (muere en accidente de coche, perdón por el *spoiler*); Jack, en *Dawson crece*, protagonista, en el año 2000, del primer beso entre dos hombres en la televisión estadounidense en abierto, y Willow, quien en *Buffy, cazavampiros* se enamora de Tara y las dos viven una relación abierta y sin traumas identitarios gracias al empeño del creador de la serie, Joss Whedon, que en ese asunto contaba con la firme oposición de los directivos de la cadena que la emitía.

Faltaba un tiempo para que llegaran *Queer as Folk* (la versión estadounidense se emitió en nuestro país a partir de 2006), sobre un grupo de amigos homosexuales (cinco hombres y una pareja de lesbianas) que viven en Pittsburgh (Pensilvania), y *Modern Fa-*

mily (se estrenó en España en agosto de 2010) y su *moderna normalidad familiar*, representada por una pareja gay, Mitchell y Cameron, que adopta a una niña (en la versión iraní de la serie, de 2014, fueron sustituidos por un matrimonio heterosexual con problemas –ella– de fertilidad). Y casi me olvido de la ya mítica *Anatomía de Grey*, que en 2008 sacó del armario a Callie, una de sus protagonistas.

Yo entonces no sabía quién era Ellen DeGeneres (Metairie, Luisiana, 1958) ni había oído hablar de *Ellen*, la serie creada, escrita y protagonizada por la actriz estadounidense que, según descubrí hace no tanto, se emitió en la segunda cadena de TVE a finales de los años noventa. El capítulo de esa telecomedia en el que el personaje que le daba nombre, interpretado por DeGeneres, confesaba su lesbianismo (previa intervención de ¡Laura Dern!) hizo historia televisiva en Estados Unidos: fue visto por 44 millones de personas (en la ciudad de Birmingham, la más poblada del estado de Alabama, bloquearon la señal para evitar que sus habitantes lo vieran).

En *Sexo en Nueva York* (1998), por cierto, serie hecha por y para mujeres desinhibidas en materia sexual, de ahí su nombre, los dos personajes homosexuales icónicos eran hombres *amigos de* Carrie Bradshaw, la protagonista. El *ponga a un amigo gay en su vida* es una llamémosla práctica que me martiriza, y que incluso llevan a gala determinados partidos políticos de corte conservador en nuestro país. Hubo que esperar a la secuela de la serie de Sarah Jessica Parker, *And Just Like That*, estrenada veintitrés años después, para que las lesbianas formáramos parte de la trama junto con el resto del colectivo LGTBIQ+.

Sin recurrir al manido ejemplo de Epi y Blas y su supuesta condición sexual en *Barrio Sésamo* (a ese y otros respectos relacionados con el racismo, el machismo o los trastornos del espectro autista recomiendo el documental *Sesame Street: 50 Years of Sunny Days*, con motivo del medio siglo del programa de Jim Henson), haber sabido que Vilma Dinkley, mi personaje favorito de *Scooby-Doo*, era gay, hecho confirmado en la última película de la franquicia de dibujos animados de Hanna-Barbera, estrenada a finales de 2022, me habría ahorrado algún que otro quebradero de cabeza infantil. Porque los estereotipos también nos construyen, sobre todo los de la ficción.

En mi búsqueda, no desesperada pero sí persistente, de personajes de lesbianas en la televisión generalista (las plataformas de *streaming* entonces no eran ni una remota posibilidad), ya bien comenzada mi veintena di con una serie seguramente tópica y hasta falsaria para la comunidad homosexual más militante («Figurar en un partido o en una colectividad», según la tercera acepción en el Diccionario del verbo del que deriva), pero que a mí me sirvió para iniciarme en la materia y que me tuvo enganchada, además de fascinada, durante seis temporadas: *The L Word*, estrenada en España por el desaparecido Canal Plus bajo el abstracto título de *L* en enero de 2006.

Recuerdo que cada capítulo arrancaba con una vista panorámica de Los Ángeles, la ciudad estadounidense en la que se ambienta la serie, mientras de fondo se escucha *The Pleasure Song*, de Marianne Faithfull (la música escogida para cada capítulo es realmente exquisita: Joan Armatrading, Lucinda Williams, Rufus Wainwright, Iron & Wine, Fiona Apple, PJ Harvey, Nina Simone, Ella Fitzgerald...). La trama se centra en la vida de un grupo de mujeres, todas lesbianas o bisexuales, guapas, atractivas, con estilo, algunas andróginas, pero ninguna con *look* de *camionera* (si bien la RAE no lo recoge en su Diccionario, es un término, habitualmente despectivo, que se emplea para describir a las lesbianas con aspecto masculino). Todo parte del traslado al barrio de dos de las protagonistas principales, Bette y Tina, de Jenny, una joven que se muda con su novio a la ciudad californiana para convertirse en escritora y que, a medida que va conociendo esa otra realidad a través de sus nuevas amigas (sobre todo de Marina, con quien mantiene un apasionado y secreto romance), descubre su verdadera orientación sexual. *The L Word* fue, además, pionera en la incorporación de la transexualidad a sus guiones, y sus espectadores vimos —con todos los estereotipos posibles, pero lo vimos— el proceso de transición de Moira, amiga de la infancia de Jenny, hasta convertirse en Max Sweeney.

En aquella época, yo todavía vivía en casa de mi padre y recuerdo ver cada capítulo de *L*, semanal, medio a escondidas, con cierto temor a ser descubierta... Hasta que un día me *pilló* mi abuela paterna, que entonces pasaba largas temporadas con nosotros, y casi le da un soponcio, literalmente: «¡Jesús, Jesús, Jesús! ¡Pero qué guarrería es esa!». La verdad es que no recuerdo si en aquel capítulo había escenas de sexo. Supongo que sí, porque la trama estaba repleta de ellas de manera expresa. Pero no me importó. Incluso sentí orgullo y, sobre todo, me reí de la situación, de mí misma. Y en cuanto la serie comenzó a venderse en España en formato DVD por temporadas, me las compré todas y empecé a hacer maratones (todavía las conservo). En diciembre de 2019 se estrenó su secuela, *The L Word: Generation Q*, plagada de personajes que responden a la multiplicidad que hoy define a la orientación sexual y a la identidad de género. Es la suerte con la que ahora cuentan los espectadores más jóvenes.

De haber tenido claro, durante mis años de *formación*, que era lesbiana, creo que no me habría atrevido a decirlo en voz alta, porque sentía que el entorno del que formaba parte, aparentemente seguro, podía rechazarme. Un tiempo después comprobé que no estaba equivocada, o no del todo.

Hasta los veintitrés años, más o menos, tuve

(conjugo el verbo en pasado porque de él forma parte esa relación) una amistad muy estrecha con una chica a la que conocí en el colegio al poco de mudarnos a Madrid desde el pueblo a causa de mi enfermedad. Me acostumbré a pasar más tiempo en su casa que en la mía, emocionalmente vacía, y llegué a considerarme, pues así me lo demostraron su madre y sus hermanas, parte de su familia. Yo la quería, claro, y lo hacía con la intensidad de ese amor puro, honesto y sin los recelos inherentes a la pasión romántica en el que se basa y sustenta la amistad. Nunca me sentí atraída sexualmente por ella (lo aclaro por lo que viene a continuación). Sí creo que dependía en exceso de su entorno, de todo lo que la rodeaba, de su mundo, debido a mis enormes carencias afectivas, y, de hecho, su traslado a una ciudad británica para cursar allí un Erasmus me provocó una crisis parecida a la que debe de sentir la amante abandonada.

Crecimos juntas, nos ayudamos a crecer. Ella estuvo a mi lado en las recaídas de mi anorexia y siempre que la necesité, salvo al final, cuando más falta me hacía. Por fin había descubierto quién era, estaba orgullosa de serlo y decidí contárselo, pese a que sabía que la realidad nos había ido distanciando. Cada una había comenzado a vivir la vida que realmente quería, después de años *deconstruyéndola*. Yo había empezado a trabajar en un periódico y ella estaba acabando sus estudios de una rama de ciencias. Teníamos amigos distintos, y también gustos y aficiones diferentes. Nuestras personalidades se iban poco a poco imponiendo, después de años compartidos jugando a ser la una a través de la otra sin saber que así dejábamos, precisamente, de ser.

Me costó mucho decírselo. Unos días antes había mantenido mi primera relación sexual con una mujer y estaba todavía presa de la excitación del momento vivido, tan bonito como desconcertante. Sin entrar en más detalles, innecesarios, únicamente diré que el alcohol tuvo mucho que ver en que las dos nos desinhibiéramos aquella noche y nos dejáramos llevar por nuestros deseos, hasta entonces ocultos o, en mi caso al menos, reprimidos. Del encuentro, totalmente fortuito, pues, aunque nos conocíamos desde hacía un tiempo, ninguna lo buscó, solo salió mi reafirmación como lesbiana sin culpa ni remordimientos. No volvió a pasar nada más, y hoy mantenemos un grato contacto ocasional.

Además de resacosa, estaba contenta de haber sido capaz de dar por fin ese paso, aunque fuera llevada por los efluvios espirituosos. Y quería compartir ese estado con mi amiga, con mi todavía mejor amiga. Quedamos en un pub cercano a su casa y, al poco de empezar la conversación, se lo conté, entre abrumada y vergonzosa. Su mirada era un juicio en sí misma, pero, sobre todo, reflejaba el miedo, el temor. Yo, Inés, la mujer con la que había compartido cama tantas veces, ¡era lesbiana! «¿Estabas enamorada de mí?», me preguntó, aterrada. «¿Yo te gustaba?», insistió, ante mi cara de asombro. «No, claro que no. Eso no tiene nada que ver», respondí.

No le interesó saber cómo estaba, cómo me sentía, qué se me pasaba esos días por la cabeza, cómo había quedado la cosa con aquella chica, si habíamos vuelto a hablar o a vernos. Nada. Lo peor de todo fue que traté de tranquilizarla, intenté que se fuera convencida de que nunca había sentido ninguna atracción sexual por ella. Y me sentí mal, terriblemente mal. Juzgada, rechazada. No volvimos a vernos. La última vez que le escribí fue cuando publiqué mi primera novela, en febrero de 2016, para invitarla a la presentación. No contestó.

Ni siquiera tuve que rehacerme. No fue necesario, porque aquel rechazo me armó de valor y de valentía para todo lo que vendría después: ya estaba preparada. Me dolió su incomprensión, fruto de los prejuicios, del desconocimiento y también de la *homofobia*, palabra que todavía nos da reparo emplear para describir ciertos comportamientos de gente cercana o conocida que conllevan, según la definición que recoge el Diccionario, «Aversión hacia la homosexualidad o las personas homosexuales». Aunque no estoy segura de que aquella chica que un día fue mi mejor amiga fuera homófoba, al menos no de manera racional. Es el problema de las actitudes que llevan formando parte de las relaciones sociales desde hace siglos sin ser consideradas como inaceptables y punibles: se han filtrado en las conductas de manera sutil e incuestionable. Lo mismo que el machismo, el racismo, la xenofobia o el clasismo. Todas son formas de intolerancia, abuso, discriminación y opresión. Y todas están presentes en nuestra sociedad.

No me gusta recurrir a las estadísticas, porque detrás de cada cifra hay siempre una historia humana distinta y particular, pero el último Informe sobre la Evolución de los Delitos de Odio en España elaborado por el Ministerio del Interior recoge que los ataques relacionados con la orientación sexual han subido un 67,63 por ciento en nuestro país, según datos de 2021. En la misma línea, el Observatori Contra l'Homofòbia registró que en 2022 las agresiones físicas contra el colectivo LGTBIQ+ crecieron un 70 por ciento, y los actos discriminatorios aumentaron un 50 por ciento respecto a 2021.

En mi entorno más cercano, una amiga fue víctima de un chantaje laboral por su orientación sexual y, desde que es público y notorio, sin que ella lo haya dicho nunca, que es lesbiana, es objeto de un trato distinto en el trabajo, es mirada, vista y observada con recelo por los adalides de la normalidad. Cada vez que los compañeros de otra amiga querían desprestigiarla profesionalmente o herirla, sacaban a colación su supuesto lesbianismo, que fue pregonado a los cuatro vientos por una colega para difamarla. Hay más casos, y a diario. Yo nunca he sufrido la homofobia en sus versiones más violentas y evidentes, físicas o verbales, pero sí de todas sus otras maneras, a veces invisibles, pero igualmente dañinas. Y la sigo padeciendo, aunque quienes la ejerzan no sean conscientes de ella.

Lecturas iniciáticas

La escritora Patricia Highsmith (1921-1995) publicó *Carol* en 1952, pero lo hizo ocultándose bajo el seudónimo de Claire Morgan, una misteriosa autora a la que nadie conocía en ninguno de los círculos literarios estadounidenses de la época. El título con el que la novela apareció por primera vez fue otro, *El precio de la sal*, aunque la trama era la misma: la relación amorosa, en el Nueva York de principios de la década de los años cincuenta, entre dos mujeres: Carol, más mayor y sofisticada, enigmática, separada y con una hija pequeña, y la cándida Therese, una joven escenógrafa que trabaja temporalmente como dependienta en Manhattan. Ahora que el término *autoficción* (todavía no ha entrado en el Diccionario, veremos el tiempo que los académicos tardan en reparar en él) hace las delicias de aquellos que disfrutan etiquetándolo todo, también en la literatura, habrá quien se sorprenda (escandalizados no habrá, espero) al descubrir que Highsmith se basó, en parte, en su propia experiencia para escribir esa historia, o se inspiró, al menos, en algo que había vivido para después contar lo que podría haber sido real y se quedó en el territorio de la ficción, siempre más seguro, por inocuo.

En 1948, a los veintisiete años, después de haber terminado su primer libro, el luego exitosísimo *Extraños en un tren*, llevado al cine por Alfred Hitchcock, la escritora estuvo empleada durante un tiempo en la juguetería de unos grandes almacenes para conseguir algo de dinero, pues su situación era bastante precaria, una circunstancia habitual en su economía doméstica de entonces. Un día, mientras estaba atendiendo en uno de los mostradores, entró en la tienda una señora muy elegante vestida con rutilantes visones, compró una muñeca y dejó un nombre y una dirección para que le enviaran el paquete. Sin saber nada más de ella, pero fascinada por la enigmática figura, al llegar esa noche a casa Highsmith escribió del tirón el primer borrador de la novela, protagonizada por la mujer de las pieles, y cuya edición de bolsillo llegó a vender más de un millón de ejemplares.

Casi cuatro décadas después, en 1990, el libro volvió a publicarse con el título de *Carol* y esta vez firmado por su verdadera autora, ya muy afamada y reconocida. La obra incluía un prólogo en el que Highsmith explicaba las razones por las que, en un principio, escondió su identidad: su agente estaba convencido de que arruinaría su incipiente carrera al publicar una novela lésbica y la editorial con la que trabajaba entonces la rechazó, por lo que tuvo que buscar otra, en la que apareció, sí, pero bajo seudónimo. El libro, además de por su audacia temática y argumental, sorprendió desde el primer momento tanto a los críticos literarios como a sus muchos lectores por su esperanzador desenlace. Era la primera historia de amor entre dos mujeres que, en el ámbito de la ficción, claro, no acababa en tragedia. Un hecho profundamente subversivo, revolucionario casi, para la cultura de la época (no olvidemos que se publicó a mediados del siglo xx), de la que las lesbianas ni siquiera formaban parte, lo mismo que eran invisibles (estaban invisibilizadas) en la cotidianidad, en la vida común y corriente, normativa.

En ningún ámbito creativo destinado a contar historias, a inventarlas, aunque estuvieran basadas en hechos reales, se contemplaba que las mujeres homosexuales pudieran ser protagonistas, y cuando aparecían como personajes secundarios en las tramas de novelas o relatos o en guiones eran siempre oscuras (por no decir feas, pero de la estética lésbica hablaré más adelante), llevaban a cuestas ese halo de misterio siniestro, amargado y funesto, pecaminoso, asociado al desastre, a la desgracia. No deja de ser paradójico, y muy revelador, que tuviera que ser Highsmith, la gran dama de la novela negra, la reina del suspense, obsesionada con el crimen y con el mal, quien nos brindara a las lesbianas el primer final feliz de nuestra historia común.

Carol se publicó en España en 1991, muchos años antes de que yo supiera que existía, siquiera, una escritora llamada Patricia Highsmith, que además era lesbiana, aunque ella nunca lo reconoció públicamente (tanto sus *Diarios y cuadernos*, publicados en español por la editorial Anagrama, como el documental *Amando a Highsmith*, de la cineasta suiza Eva Vitija-Scheidegger, son muy aclaradores en ese sentido), si bien en privado coleccionó tantas amantes, en distintos países, como argumentos narrativos, pues fueron ellas quienes motivaron su obra, los verdaderos motores de su creación. Y sin embargo esa novela no formó parte de mis lecturas iniciáticas como joven homosexual en busca de una identidad propia, pero compartida.

He de reconocer, con cierto apuro, avergonzada, ya que a los libros nunca se llega tarde salvo que sea por omisión, que leí *Carol* por primera vez después de haber visto la película que el director estadounidense Todd Haynes estrenó en 2015 basada en ella, con Cate Blanchett y Rooney Mara como protagonistas. El filme es como un gran cuadro de Edward Hopper en movimiento con música de Carter Burwell, y me embriagó desde la primera escena. Al salir del cine, conmovida, emocionada, fui a buscar la novela de Highsmith, que había vuelto a las librerías españolas aprovechando la coyuntura comercial del estreno de la película, y llevando a la cubierta el reclamo de una espectacular Blanchett, divina en el papel de Carol.

Lo devoré en un par de días y poco después se lo regalé a L. (ella tampoco lo había leído), con quien había comenzado una relación hacía solo un par de meses (hoy son ya casi ocho los años que llevamos juntas). La dedicatoria que puse, «Para mi ángel, caído del cielo», no es mía. Son palabras de Patricia Highsmith: así describe Carol a Therese, «My angel, flung out of space», en una de las varias escenas de sexo explícito entre las dos mujeres que la historia contiene. Especifico lo de *explícito*, «Que expresa clara y determinadamente una cosa», porque en la ficción raramente es así, el sexo entre lesbianas parece vedado de ese territorio, como si en la realidad solo nos besáramos o hiciéramos arrumacos, y nunca en público, no vayan a vernos.

Buscar a tientas tiene su parte emocionante, e incluso satisfactoria. Pero la ayuda, la orientación, nunca viene mal, sobre todo cuando se trata de adentrarse en el vasto mundo de la creación literaria, tan convencional y, sin embargo, inexplorado. Lo mismo que entonces iba poco a poco definiendo mi orientación sexual, también iba teniendo bastante claro que la escritura formaría, de un modo u otro, parte esencial de mi vida hasta definirla. Y por eso había empezado a fijarme en autoras a las que, por supuesto, nunca había leído, pero cuyas figuras me atraían intelectualmente, y no solo por su obra, también por su recorrido vital, alejado de la tradición, de lo convencional, en la vanguardia.

En eso, como digo, conté con el apoyo de P., una mujer fascinante, inteligente y curiosa en la mejor acepción del término («Inclinada a aprender lo que no conoce»), que entró en mi vida en mis últimas prácticas como estudiante de Periodismo en una revista y que se convirtió en un referente insustituible e indispensable para mí, tanto en lo profesional como en lo personal (es esa *familia*, ese «Grupo de personas relacionadas por amistad o trato», que tú te haces, que no te viene impuesta). Hasta entonces, yo había ido dando tumbos en mi zambullida en la cultura menos evidente, la mal denominada *marginal* («Dicho de un asunto, de una cuestión, de un aspecto: de importancia secundaria o escasa»), aquella que no está al alcance de todos porque la corriente dominante no quiere que lo esté, así de sencillo... y de grave.

Por ejemplo, había leído, no sin dificultad, el *Or-*

lando de Virginia Woolf (1882-1941), y lo había hecho, además, en una edición de bolsillo de Alianza de 2003 traducida por Jorge Luis Borges. Confieso que no entendí demasiado del argumento de aquella novela dedicada «A V. Sackville-West» y publicada originariamente en 1928. Pero me dejé llevar, hasta la borrachera imaginativa, por el hilo que comenzaba hablando de «Él –porque no cabía duda de su sexo, aunque la moda de la época contribuyera a disfrazarlo–» y terminaba siendo un cuento de hadas transgénero (a lo largo de tres siglos, su protagonista pasa por ser un caballero de la corte isabelina inglesa o una embajadora de Constantinopla) escrito sin duda desde la pasión, también la amorosa. Porque, como había descubierto poco antes de acercarme a la librería para hacerme con un barato ejemplar de *Orlando*, Virginia Woolf escribió aquella novela singular, fantástica y deslumbrante, todavía hoy inclasificable, inspirándose en la vida de Vita Sackville-West (1892-1962), escritora de familia acomodada a la que conoció en 1923 y con la que mantuvo un idilio hoy, en mi opinión, idealizado en exceso.

«Vita, deja a tu marido e iremos a Hampton Court

a cenar juntas al lado del río y a pasear en el jardín a la luz de la luna. Llegaremos a casa tarde, nos beberemos una botella de vino y te diré todas las cosas que tengo en mi cabeza, millones, miríadas. No se agitarán durante el día, solo en la oscuridad, junto al río. Piénsalo. Deja a tu marido, te digo, y ven», le escribió Woolf a Sackville-West en una de las cartas que intercambiaron durante años. Según atestiguan esas misivas y los diarios de ambas, el 17 de diciembre de 1925 se acostaron por primera vez y fueron amantes (las dos estaban casadas) un tiempo que marcó sus vidas. Y todo pese a la advertencia que el cuñado de Woolf, Clive Bell, marido de su hermana Vanessa, le hizo al comienzo de su relación amistosa: «Es una lesbiana declarada, ten cuidado».

Yo no lo era entonces, no era «una lesbiana declarada», pero sentía una curiosidad infinita por esos personajes de mujeres distintas que habían nacido un siglo antes que yo y eran más ficticios que reales para mí. De hecho, sus identidades se confundían en mi juguetona imaginación con los personajes por ellas creados, como el de *La señora Dalloway* (1925), Clarissa, rescatado por el escritor Michael Cunningham en la excepcional novela *Las horas* (1998), que fue llevada al cine por Stephen Daldry en 2002 con Meryl Streep como esa otra Clarissa, Clarissa Vaughan, la de carne y hueso, tan real como la de la ficción.

No aspiraba a ser como ellas, a gozar de su teórica libertad sexual (nunca cometeré el error de mirar cualquier pasado, incluso el más cercano, con los ojos de mi presente). No era tan osada porque no me atrevía a serlo. Me conformaba con leerlas, con ir descubriéndolas y, con ellas, que otra vida, otra forma de vivirla, al menos, era posible. Por eso me entusiasmaba cada vez que P. llegaba con una nueva recomendación para mí. Supongo que al principio le sorprendió mi insaciable apetencia por todo lo que tuviera que ver con la homosexualidad femenina en la cultura, especialmente en la literatura, por la vehemencia con la que le preguntaba por ciertas escritoras, por determinados libros, por novelas, por ensayos, por biografías... Pero siempre respondía a mi inquietud, a mis cuestiones, con sensibilidad y criterio.

Gracias a P. leí mi primera novela de trama eminentemente lésbica, ambientada en la Inglaterra de la segunda mitad del siglo XIX: *El lustre de la perla* (1998), de Sarah Waters (Neyland, Gales, 1966). «Qué título tan horrible», pensé cuando me tendió el ejemplar de la edición española, publicada por Anagrama (2004), que todavía conserva en su biblioteca. Luego averigüé que está sacado de la jerga victoriana para *cunnilingus*, la «Práctica sexual que consiste en estimular con la lengua o la boca los genitales femeninos». Lo disfruté hasta la última página pese a su cuestionable, según algunos, calidad literaria (eso para mí entonces era lo de menos), y poco después descubrí que Waters era autora de otros (muchos, y casi todos superventas) libros protagonizados por mujeres que vívian apasionadas historias de amor homosexual que llevaban siempre asociados dos términos: erotismo y misterio.

Lo del misterio puede ser cierto, pues Waters pasa por ser una escritora de un suspense bastante psicológico y bien construido, por cierto. Pero ¿erotismo? ¿Por qué en la ficción, ya sea en la literaria o en la cinematográfica, las relaciones sexuales entre mujeres se caracterizan por ser *eróticas*, mientras que las protagonizadas por una pareja heterosexual son *románticas*? ¿Acaso las lesbianas estamos incapacitadas para ser románticas, es decir, «sentimentales, generosas y soñadoras»? Para el *Womans's Journal*, *El lustre de la perla* es «una maravillosa novela erótica, verde y exuberante, que transcurre en los gloriosos días del *music-hall*», mientras que para François Rivière, en *Libération*, es «un libro que creará toda una mitología sobre la "erótica" victoriana». Son solo dos ejemplos, pero hay múltiples, buscadlos.

Siempre he tenido una especie de fetichismo con las dedicatorias de los libros que leo, especialmente de las novelas. Para mí son como una pista sobre la vida personal de sus autoras y de sus autores (sobre todo de ellas, he de reconocer), un primer hilo del que poder tirar para saber más sobre aquello que no se manifiesta en su obra, porque es ficción, claro. «Gracias, finalmente, a Laura Gowing, que me ha enseñado muchas cosas maravillosas sobre historia y sobre el amor. Este libro está dedicado a ella.» Así comienza *El lustre de la perla*. Al leer esa primera página del libro, fantaseé con la idea de que Laura Gowing, reputada historiadora británica, fuera la amante de Waters, porque... ¡las escritoras podían ser lesbianas y, además, confesarlo públicamente en la dedicatoria de una novela! Resulta obvio lo que voy a escribir a continuación, pero dado el extraño clima, enrarecido y turbio, en el que la opinión pública se viene construyendo desde hace un tiempo, me veo casi obligada: que una autora escriba sobre lesbianas, les dé protagonismo y narre sus historias de amor no la convierte a ella en homosexual, y lo mismo sucede con las actrices que interpretan ese tipo de roles en las películas. Y podéis darle la vuelta. Es decir, que la capacidad creativa, interpretativa, no está vinculada a la orientación sexual.

No sé si Waters y Gowing tuvieron algún tipo de vinculación romántica más allá de la esfera profesional, no logré encontrar referencias al respecto, pero sí puedo confirmar que la autora galesa, que declaró abiertamente su lesbianismo a finales de la década de los ochenta, mantiene una relación con la editora Lucy Vaughan desde el año 2002. Llamadlo cotilleo, si queréis, pero para mí era un modo de comprobar que la normalidad que la sociedad quería venderme, que me exigía, era un cuento. Estaba descubriendo tantas cosas en tan poco tiempo que el cuestionamiento, hasta su definitivo rechazo, de la educación católica que había recibido, de la que empecé a alejarme tras la muerte de mi madre, fue el siguiente paso. Un paso natural, nada traumático, liberador.

Me fui ganando, por derecho propio y también por cabezonería (la terquedad es una de mis mayores virtudes y uno de mis peores defectos), la libertad de elección en la suculenta biblioteca de P., aunque ella seguía marcando mi pauta lectora según los intereses que cada día veía aflorar en mí con renovado vigor. «¿Has leído a Esther Tusquets?», me preguntó un día. Pues no, no la había leído, claro que no. Mis lagunas literarias eran (lo siguen siendo) muy profundas. P. no me ofreció *El mismo mar de todos los veranos* (1978), convertida ya en un clásico (pocos títulos hay tan evocadores como ese en la historia reciente de la literatura española). Del poblado estante ocupado por la obra de Tusquets sacó *Con la miel en los labios* (1997) y, sin dudar un segundo más que para curiosear la contraportada, me la llevé a casa.

La lectura de aquella novela fue como una revelación para mí, y no solo porque compartiera nombre con una de sus protagonistas. Me vi reflejada en ella, en la necesidad de control y equilibrio de Inés, en su contención, en su obsesión por el orden, todo desbaratado por la seductora Andrea, con quien vive un apasionado romance, desmedido y desventurado. Yo no tuve a una Andrea. No la he tenido, creo. Al menos hasta ahora, y no busco tenerla. Pero sí he vivido todas mis historias de amor lésbicas con una intensidad feliz y dichosa, entregada, queriendo y dejándome querer. Y así ha sido, en buena parte, por las novelas que leí entonces, que sigo leyendo ahora. La literatura como refugio, sí, siempre, pero también como faro alumbrador de realidades.

Al devolver *Con la miel en los labios* a la librería de P. me fijé en otro libro de llamativo título, *Ella, tan amada* (Anagrama, 2006). No solo me atrajo esa frase, también la fotografía en blanco y negro que ilustraba la obra, en la que aparecía una joven muy hermosa, vestida con ropajes masculinos, con un corte a lo *garçon* («Peinado generalmente de mujer con el pelo muy corto, como tradicionalmente lo llevaban los muchachos»), apoyada en un coche antiguo y, a su lado, un perro, tal vez un pastor alemán. Lo cogí y, al abrirlo, descubrí que se trataba de una novela escrita por Melania G. Mazzucco (Roma, 1966) sobre la vida de Annemarie Schwarzenbach (1908-1942).

Nombres, nombres y más nombres, nombres desconocidos que me llevaban a otros nombres que nunca antes había escuchado. Leyendo a Mazzucco me adentré en la fascinante historia de Schwarzenbach. Pese a su corta vida (falleció a los treinta y cuatro años debido a un infausto accidente de bicicleta), fue fotógrafa, periodista, arqueóloga, viajera, escritora... «Si usted fuera un muchacho tendría que ser declarado excepcionalmente hermoso», le dijo una vez Thomas Mann, de cuyos hijos, Klaus y Erika, fue amiga. Casada con el diplomático francés Claude Carac, fue libre cuando el término *libertad* aún no se había corrompido políticamente. Movilizada contra el nazismo en el Berlín de su época. Obligada a exiliarse. De Persia a Babilonia. De Francia a España (exploró nuestro país a comienzos de los años treinta junto con la fotógrafa Marianne Breslauer). De Estados Unidos al Congo. Carson McCullers (1917-1967) le dedicó su novela *Reflejos en un ojo dorado* (1941) y sintió por ella un amor, al parecer, no correspondido. Schwarzenbach vivió para amar y ser amada, como los versos de Rilke que inspiraron el título de Mazzucco.

Después de conocer su vida, quise recorrer su obra literaria, escasa (el día que murió, su madre destruyó gran parte de sus documentos y manuscritos), pero exquisita. En ella destacan los siguientes títulos, todos publicados en España por la editorial Minúscula: *Con esta lluvia*, colección de relatos alumbrados en 1934; *Muerte en Persia*, un *diario personal* de su viaje al actual Irán escrito en 1936; *Todos los caminos están abiertos*, crónica del recorrido que hizo en coche, en 1939, por Afganistán, los Balcanes, Irán y Turquía y, en especial, *Ver a una mujer.*

Si fuera yo una escritora a la que le gustara la grandilocuencia, que recurriera a ella habitualmente, no dudaría en decir que la lectura de ese último libro me cambió la vida. Pero no lo soy y, aun así, reconozco que ese texto, tan breve como intenso, me transformó por dentro. Setenta y dos páginas que Schwarzenbach escribió con veintiún años y en las que describe la pasión que nace de algo tan casual como el cruce de miradas entre dos mujeres en un hotel de la localidad de Saint Moritz, en su Suiza natal. «Ver a una mujer, y sentir en ese mismo instante que también ella me ha visto, que sus ojos interrogantes han quedado prendados de mí como si no tuviéramos más remedio que encontrarnos en el umbral de lo ignoto, de esa frontera oscura y melancólica de la conciencia...» Solo ese pasaje, apenas cincuenta palabras, compensa el camino, a veces tortuoso, seguido hasta haber podido llegar a él, a leerlo, a saber que es posible ver y ser vista de esa manera. Querer a una mujer y ser querida por ella.

Unas bolleras de cuidado

De la misma manera que durante mi infancia y parte de mi adolescencia fui calificada de *marimacho*, insultada, en numerosas ocasiones, en lo que llevo de vida adulta nunca he escuchado, para referirse a mí, claro, la palabra *bollera*. Un término que, según el Diccionario de la RAE, es despectivo, malsonante y coloquial y que se usa como sinónimo de lesbiana. Vendría a ser algo así como la versión madura de *marimacho*. Tampoco he tenido que aguantar que me describieran como *tortillera*, otro calificativo *despectivo* asociado a las mujeres homosexuales. Y eso que en casa a veces me permito bromear (el sentido del humor y yo somos bastante incompatibles, pero he aprendido a reírme de mí misma, y es el mejor antídoto frente a la intolerancia propia y ajena) diciendo que soy «la *tortillera* que mejores tortillas hace», siempre que no sean de patata, claro. Pero esa jerga despreciativa todavía forma parte de las conversaciones cotidianas de mucha gente que, probablemente, no es consciente de que, al emplear esas palabras, *bollera*, *tortillera*, de manera aparentemente inocente, en un contexto relajado, está ejerciendo la discriminación que nos condena a seguir siendo víctimas de la intolerancia.

No sé si esos términos me resultan desagradables por lo que significan, por su contenido o por el continente, pero ni siquiera me gusta leerlos. Son, además, malsonantes, porque llevan el insulto implícito y, con él, la violencia, que no es exclusivamente física. Por eso me sorprendió tanto descubrir que, en un país tan contradictorio en lo que a libertades y derechos civiles se refiere como Estados Unidos, la historietista Alison Bechdel (Beech Creek, Pensilvania, 1960) llevara publicando desde 1983, año de mi nacimiento, la tira cómica *Dykes to Watch Out For*. A España llegó en 2014 una selección de lo mejor de aquellas viñetas en una obra definida como «la Biblia del cómic lésbico *underground*» y traducida como *Lo indispensable de unas lesbianas de cuidado*. En ella, Bechdel describía desde el humor y apoyándose en su personaje principal, una protagonista que podría considerarse su *alter ego*, porque lo era, los estereotipos asociados a la homosexualidad femenina a través de la vida de un grupo de lesbianas que viven y, por tanto, se enamoran, trabajan, ríen, lloran, son madres e hijas, envejecen, sufren, mantienen relaciones sexuales, en una ciudad bastante parecida a Mineápolis.

Aquellas viñetas aparecieron hasta 2008 en diferente prensa gay estadounidense, pero yo nada supe de ellas hasta que leí la novela gráfica *Fun Home* –también de Bechdel–, que se editó en España, precisamente, el año en el que *Dykes to Watch Out For* dejó de publicarse en el país norteamericano. Tras mi iniciación en la cultura lésbica, me gustaba hacer *excursionismo* temático, y por eso rastreaba con interés todas las publicaciones que caían en mis manos para ver si contenían alguna referencia, explícita o velada, a la homosexualidad femenina. Es decir, que si en la descripción, crítica o comentario de una obra aparecía la palabra clave, *lesbiana*, o cualquier sinónimo de esta, me iba sin dudarlo a por ella. Algo que resulta curioso, pues lo mismo hacía siempre que el duelo estaba asociado al argumento. Eros y Tánatos, el amor y la muerte, ejes definitorios y definitivos de nuestra vida.

Así, leyendo la sección de recomendaciones literarias de una revista que podríamos definir como de cultura especializada, no generalista, di con el ya mencionado *Fun Home* y con *El año del pensamiento mágico* (2005), ensayo en el que Joan Didion (1934-2021) trata de enfrentarse a la sinrazón de la pérdida y de la enfermedad.

Con el ilustrativo subtítulo de «Una tragicomedia familiar», Bechdel firma en *Fun Home* una autobiografía gráfica en la que cuenta, sin ahorrar ningún detalle, por doloroso que este pueda ser –tanto para la autora como para el lector–, cómo descubrió la homosexualidad de su padre, nunca reconocida, y la suya propia. Es un libro divertido (la trama transcurre, en parte, en una funeraria, negocio y casa familiar) pese a todo o seguramente por todo, porque la tragedia, la de la ficción y la de la propia vida, es más fácil de digerir mediante la comedia. Y eso Bechdel lo sabe. Sabe que tiene que hacernos reír para después poder confesarnos su tormento, el trauma de haber crecido acomplejada y fuera de lugar, sintiéndose mal por el hecho de ser, por existir. Como yo me sentí, aunque entonces ya no tuviera ningún problema en reconocerme como «una lesbiana de cuidado» en mi interior. El mundo exterior era otro asunto.

Ya que formaba parte de la comunidad lésbica, al menos en lo que a la creación y a la cultura se refería, estaba (eso creía) preparada para confesar mi orientación sexual ante un reducido público, bastante privado. Pero no fui capaz de hacerlo hasta que no me sentí lo suficientemente segura en una relación, convencida de que aquello duraría, aunque me detendré en esos días en los capítulos siguientes. Una de las preguntas más importantes que entonces me planteé, y supongo que en eso tampoco he sido única, fue dónde debía ir para poder relacionarme con todas esas mujeres que eran como yo, adónde podía acudir. Como si la segregación a la que la sociedad nos relega a los homosexuales fuera cosa nuestra, culpa nuestra. Mi mente estaba repleta de prejuicios también en ese sentido, y pensaba que para poder llegar a conocer a alguien tendría que acudir a los lugares *de ambiente* («Dicho especialmente de un local de ocio: frecuentado por homosexuales»). Nunca lo hice. Bueno, miento: en mi primer viaje a San Francisco, cuna del movimiento gay estadounidense, persuadí a mi acompañante, un joven estudiante de cine al que acababa de conocer y que era amigo de otro amigo, para que me llevara al histórico barrio de Castro (había visto *Mi nombre es Harvey Milk*, la película de Gus Van Sant por la que Sean Penn ganó el Óscar al mejor actor en 2008). Una vez allí, estuvimos en un bar tomando una cerveza. Alrededor de la barra, en las diferentes mesas, jugando al billar, había hombres y mujeres, algunos más jóvenes, otros más mayores, que actuaban con total *normalidad*, se divertían, bebían, charlaban, ¡incluso se besaban! Recuerdo que aquella noche me acosté entusiasmada.

Esa fue la única vez que acudí a un local *de ambiente*. Pero no porque no me atreviera. Como mucho, me daba pereza (digamos que no soy gran amante de la socialización nocturna). Y tampoco me hizo falta. A medida que fui naturalizando mi lesbianismo me di cuenta de que no era una condición *extraordinaria* («Fuera del orden o regla natural o común»), sino propia de muchas mujeres con las que me relacionaba habitualmente, con las que coincidía a diario, con las que compartía espacio vital y hasta profesional, aunque muchas de ellas no lo evidenciaran y algunas, incluso, lo ocultaran por temor a la discriminación. Lo de *ligar*, es decir, «Entablar relaciones amorosas o sexuales pasajeras», era otra historia.

En eso también me ayudaron los referentes culturales, aquellas mujeres que habían disfrutado de la vida que realmente habían querido, la misma vida que yo ansiaba vivir. Si ellas habían podido, ¿por qué yo no? A la escritora Mary Oliver (1935-2019) llegué tristemente tarde. Habría sido maravilloso leer, durante aquellos años de dudas y desvelos, la hermosa declaración de amor que en su libro *Horas de invierno* (errata naturae, 2022) dedica a la fotógrafa Molly Malone Cook (1925-2005), con la que compartió más de cuarenta años de vida: «Somos felices y somos afortunadas. Ni nos interesa la política ni somos proclives a la compañía de otros. Repito: somos felices y somos afortunadas. Nos bastamos mutuamente: acompañamiento, intimidad, cariño, arrebato. Cada vez que oigo algo horrible, quiero taparle los oídos a M. Cada vez que veo algo bello y me da un vuelco el corazón, es a M. a quien corro a contárselo».

Mary Oliver conoció a Cook a finales de la década de los años cincuenta en la casa de la también poeta

Edna St. Vincent Millay (1892-1950) en Austerlitz (Nueva York), y, pese a que se enamoró casi al instante de ella, a su lado aprendió a quererse para poder querer y ser querida. Juntas se mudaron a Provincetown, un pueblo costero ubicado en la punta de Cape Cod (Massachusetts) del que ambas hicieron su hogar y donde construyeron su familia. Allí, la fotógrafa tenía su propia galería, en la que llegó a exponer la obra de Berenice Abbott, Edward Steichen, Minor White, Ansel Adams o Harry Callahan, entre otros artistas, y Oliver se dedicaba a dar largos paseos por la costa y se adentraba en el bosque en busca de material narrativo. «Éramos grandes conversadoras. Hablábamos sobre nuestro trabajo, nuestro pasado, nuestros amigos, nuestras ideas ordinarias e inverosímiles. A menudo, nos despertábamos antes de que hubiera amanecido, preparábamos café y dejábamos que nuestras mentes agitaran nuestras lenguas. Terminábamos agotadas y eufóricas. No muchas noches o madrugadas después, hacíamos lo mismo. Fue una conversación de cuarenta años», escribió la autora en *Our World* (Nuestro mundo), el libro al que se entregó tras la muerte de Cook en 2005 (la sobrevivió catorce años).

Yo quería entonces, y quiero ahora, amar y ser amada como Mary Oliver. Darme esa oportunidad, disfrutar del inmenso regalo que es la pasión recíproca, compartida. Quiero tener derecho a ello y, una vez conseguido, nunca perderlo. Y tal vez por eso haya decidido, quizá, hacer este libro, porque los libros, como el amor, también se hacen. No pretendo llegar a escribir versos (la poesía me parece la más difícil de todas las artes, y también la más noble) como los que abren el poema *Breakfast song* (Canción de desayuno), que Elizabeth Bishop (1911-1979) le dedicó a su última pareja, Alice Methfessel (1943-2009), a la que conoció la primera vez que fue a dar clases a la Universidad de Harvard, en el otoño de 1970: «My love, my saving grace, / your eyes are awfully blue. / I kiss your funny face, / your coffee-flavored mouth. / Last night I slept with you» (Mi amor, mi gracia salvadora, / tus ojos son terriblemente azules. / Beso tu cara graciosa, / tu boca con sabor a café. / Anoche dormí contigo).

Aunque hace unos años la editorial Vaso Roto acometió la encomiable tarea de traducir al español la *Obra completa* (poesía y prosa, en dos volúmenes) de Bishop, cuyos ecos resuenan, precisamente, en la narrativa de Mary Oliver, a ella no la descubrí a través de la lectura, que llegó más tarde. Lo hice también de la mano de P., pero esta vez fue por pura casualidad, el hallazgo fue de las dos y para las dos. Vimos juntas el *biopic* que el cineasta Bruno Barreto rodó sobre la escritora estadounidense, estrenado en España en 2015. La película, de una estética colorida pero nada pastelona, se centra en la relación amorosa que durante largo tiempo, casi dos décadas, Bishop mantuvo con la arquitecta brasileña Lota de Macedo Soares (1910-1967), aunque, al final del metraje, Methfessel aparece como esa ventana esperanzadora que se abre a la pasión más juvenil cuando la muerte (el suicidio) se impone.

Bishop y Methfessel se llevaban treinta y dos años, pero eso no les impidió quererse. Cada mañana, al despertar, se decían «Buenos días. Te quiero», y luego llegaban el café y los cruasanes, como un hermoso ritual de desayuno. Compartían el sentido del humor, a las dos les gustaba viajar y preferían la circunspección a la informalidad que en cuestiones románticas era más propia de la época. Tenían, en definitiva, «la misma forma de ver las cosas». Creo que fue su notable diferencia de edad lo que más me conmovió al profundizar en su historia de amor, y es lo mismo que siento ahora, tantísimos años después, al ver a las actrices Sarah Paulson (Tampa, Florida, 1974) y Holland Taylor (Filadelfia, 1943) pasear juntas de la mano por los *photocalls* de medio mundo demostrando públicamente unos afectos que hasta hace no tanto eran contenidos. Así debería ser siempre el amor.

Gabriela Mistral (1889-1957) también le sacaba treinta y un años a la escritora Doris Dana (1920-2006). Se conocieron en Nueva York en mayo de 1946, poco después de que la chilena ganara el Premio Nobel de Literatura, y empezaron una relación que sigue siendo, todavía hoy, fuente de encendidas controversias y que terminó con la muerte de Mistral en 1957. De ella dan buena cuenta las cartas recogidas en *Niña errante*, volumen al que me entregué cuando se publicó en España en 2010. Conficso que siempre me ha dado apuro leer misivas ajenas, lo mismo que diarios. Por eso, tal vez, nunca he sido yo de escribir muchas cartas y tampoco he llevado un dietario, salvo por recomendación (obligación, casi) terapéutica. Prefiero volcar esa intimidad tan sagrada en las novelas, camuflarla a través de la ficción. Así ha sido, al menos, hasta ahora. A Mistral, a la que no he leído con la dedicación que se merece, la consideraba (está bien conjugado el verbo, en pasado) una figura inalcanzable, un poco fría, parte de la divina providencia literaria, elevada a un olimpo nada carnal, a esos altares en los que ni se siente ni se padece. Pero en esas *Cartas a Doris Dana*, su amiga, su secretaria, compañera de sus últimos días y albacea de todos sus bienes, se exponía de manera descarnada, por lo que no tuve más remedio que leerlas.

Hay en ellas celos, inseguridades, vehemencia, dudas, inquietudes, comprensión, confesiones, reclamos, exigencias, ruegos, anhelos... y amor, mucho amor, fuera este de la naturaleza que fuera. Sin Doris Dana, Gabriela Mistral veía su vida «como en un vaho de niebla». Y Doris Dana conservó en una caja fuerte, hasta el final de sus días, un documento en el que Gabriela Mistral escribió: «La vida sin ti es una cosa sin sangre, sin razón alguna. Tú eres "mi casa", mi hogar, tú misma. En ti está mi centro. (Y el solo quererte me purifica)». Era la prueba de que yo podía, entonces, tener también esa *casa*, ese *hogar*, esa otra familia que, en realidad, ya había empezado a construir.

El último apunte referencial me lleva de nuevo hasta mi infancia, en un viaje de ida y vuelta gracias a Elena Fortún (1886-1952). El personaje de Celia, creado por María de la Encarnación Gertrudis Jacoba Aragoneses y de Urquijo, verdadero nombre de Fortún, forma parte de mi *educación sentimental* (siento recurrir al título de Flaubert, ya tan manido, pero así es), igual que de la de tantas generaciones de niños españoles. Primero, a través de los libros, *Celia y sus amigos*, *Celia en el colegio*, *Celia, lo que dice*, *Celia en el mundo*, todo un clásico de la literatura infantil española. Y, después, por la serie de televisión adaptada por Carmen Martín Gaite y dirigida por José Luis Borau que se emitió en TVE a principios de 1993.

Quién me iba a decir a mí que más de veinte años después me iba a reencontrar con la creadora de esa niña rebelde y traviesa, pizpireta y genial, gracias a una novela... ¡de temática lésbica!, *Oculto sendero*, escrita durante su exilio en Argentina y que permaneció inédita hasta 2016. Dicen quienes de esto saben que es el «testamento literario» de Fortún, una «autobiografía novelada» protagonizada por su *alter ego*. Yo no soy amiga de etiquetas ni de pomposas definiciones, pero el personaje principal del libro es María Luisa Arroyo, una joven que va descubriendo, a medida que recorre ese *Oculto sendero*, su homosexualidad en la España previa a la guerra civil. Fue la manera que Elena Fortún tuvo de confesar su lesbianismo, aunque lo hizo bajo seudónimo y no lo publicó en vida.

Salir del armario

Antes de empezar a desarrollar este capítulo, debo aclarar algo: no me gusta la expresión *salir del armario*. La considero limitadora, injusta y predeterminante. Es responsable de juicios y prejuicios siempre preconcebidos. Hace ver, y creer, que los homosexuales vivimos *encerrados*, ocultos, en la clandestinidad, una circunstancia muchas veces tan real como dolorosa y, sobre todo, no elegida. Hoy en día, y según los datos de solventes organizaciones de derechos humanos, mantener relaciones sexuales con una persona de tu mismo sexo puede ser castigado con la pena de muerte en once países: Afganistán, Arabia Saudí, Brunéi, Emiratos Árabes Unidos, Irán, Mauritania, Nigeria, Pakistán, Qatar, Somalia y Yemen.

En septiembre de 2022, dos mujeres, Elham Choubdar y Zahra Sedighi-Hamadani, fueron condenadas a muerte en Irán acusadas de «corrupción en la tierra». Eran lesbianas. En Qatar, estado en el que se celebró el último mundial de fútbol, el Código Penal tipifica las relaciones homosexuales como un delito punible con hasta siete años de prisión, según un informe de Amnistía Internacional. Pero no es necesario irse tan lejos, ni cultural ni geográficamente. En España, la Ley sobre Peligrosidad y Rehabilitación Social, aprobada en 1970 como *heredera* de la Ley de Vagos y Maleantes de la dictadura franquista, y que permitía perseguir legalmente la homosexualidad, fue modificada a finales de 1978, pero no fue derogada hasta 1995 (yo tenía entonces doce años).

Quienes nos dedicamos a esto, quienes usamos las palabras como herramienta y materia prima, debemos cuidarlas, y también todos los demás: son igual de frágiles que los sujetos a los que definen. Más allá de las terribles situaciones en las que viven millones de personas en todo el mundo, social y económicamente, cada uno tiene derecho a ejercer su sexualidad, a evidenciarla o no, en el entorno que considere oportuno y como quiera. La intimidad es algo sagrado, a pesar de que la exposición en redes sociales, ahora tan habitual, a veces obscena, desde luego impúdica, le esté restando valor.

Dicho esto, *salir del armario* es una expresión que forma parte de la cultura, y no solo de la popular, a la que respeto mucho. Está, también, en el Diccionario, según el cual se emplea, coloquialmente, cuando alguien quiere «Declarar su homosexualidad». Se entiende, claro, que sobre todo se circunscribe a acciones mediáticas, públicas y notorias. Es decir, cuando un famoso, alguien que goza de prestigio, que tiene un altavoz, que es conocido y reconocido por su trabajo profesional, ya sea artístico o deportivo, empresarial o político, lo mismo me da, confiesa que es gay. Algo que antes se hacía en cualquiera de los medios de comunicación convencionales y que ahora es más frecuente a través de Twitter, Instagram o TikTok, erigidas como las nuevas plataformas para emitir comunicados.

Salir del armario nada tiene que ver con el *outing*, anglicismo que aún no ha entrado en el Diccionario y que consiste en hacer pública la orientación sexual o la identidad de género de alguien sin su consentimiento, o bien obligarle a que lo haga. Detesto el *out-*

ing, considero que es una práctica abusiva y deplorable que no tiene relación alguna con la libertad en la que, muchas veces, se amparan quienes la llevan a cabo. Es evidente que la comunidad LGTBIQ+ necesita referentes visibles en los medios, en las calles, en la política, que sean miembros de la opinión pública y puedan construirla, participar en ella. Solo así la homofobia, la transfobia (neologismo que todavía no tiene hueco en el Diccionario y que, según Amnistía Internacional, «es el rechazo que sufren las personas transexuales al transgredir el sistema sexo/género socialmente establecido») y cualquier otra forma de discriminación podrán seguir combatiéndose hasta su ansiada desaparición. Es un modo, sin duda, de continuar educando a la sociedad.

Pero nunca se debe revelar la sexualidad de nadie ni forzarle a que dé el paso de hablar públicamente de ella, un paso que, por lo demás, seguramente ya haya dado hace tiempo en su entorno más cercano. O no. En todo caso, es cosa suya, no es decisión de ningún movimiento. Por muy defensor de los derechos humanos que sea un colectivo no puede arrogarse la potestad de exponer la intimidad de los demás, de destrozarla. Hay casos de *outing* muy famosos que han llegado a condicionar carreras profesionales. La actriz Kristen Stewart (Los Ángeles, 1990) saltó a la fama en 2008 tras aparecer en *Crepúsculo*, adaptación cinematográfica de los libros de la escritora estadounidense Stephenie Meyer. Durante un tiempo, protagonizó rumores que la emparejaban con Robert Pattinson, su compañero en la saga vampírica. Hasta que, supuestamente, rompieron y la prensa sensacionalista comenzó a especular sobre la orientación sexual de Stewart. En febrero de 2017, la intérprete protagonizó un monólogo en el popular programa de humor de la televisión estadounidense *Saturday Night Live* (SNL) durante el que pronunció una frase que marcó su intervención: «Donald, si no te caía bien entonces, probablemente no te vaya a gustar ahora, porque estoy presentando SNL y soy muy gay, amigo», dijo, dirigiéndose a Donald Trump, entonces presidente de Estados Unidos. «¡Llevo hablando de eso durante mucho tiempo! He vivido bastante abiertamente», aseguró la actriz en una entrevista posterior en la que reconoció que hacerlo de aquel modo, «normal, genial y completamente desvergonzado», fue una experiencia «realmente genial».

Stewart, por cierto, dará vida en el cine a Susan Sontag (1933-2004) en la primera película de la documentalista Kirsten Johnson, basada en la fabulosa biografía de Benjamin Moser *Sontag: vida y obra* (Anagrama, 2019). Sontag es una de mis escritoras de cabecera (solo Joan Didion ocupa el mismo espacio que ella en mi librería: una balda para cada una), y admiro la capacidad que tuvo para construir una identidad propia al margen de juicios ajenos, de presiones y de siglas. En una entrevista publicada por la revista *The New Yorker* en 1995, la intelectual estadounidense, una de las más influyentes de la segunda mitad del siglo XX, tan inclasificable como brillante, se definió como «bisexual». En una entrada de su diario fechada en 1961, apuntó: «Mi deseo de escribir está conectado con mi homosexualidad [...]. Ser *queer* me hace sentir más vulnerable. Aumenta mi deseo de esconderme, de ser invisible, lo cual siempre he sentido, de todos modos».

Lo cierto es que Sontag mantuvo relaciones sexuales tanto con hombres (estuvo casada con el prestigioso crítico Philip Rieff, al que conoció en la Universidad de Chicago y con el que tuvo a su único hijo, David) como con mujeres (de la dramaturga María Irene Fornés a la coreógrafa Lucinda Childs o la fotógrafa Annie Leibovitz, su última compañera), según bien evidencia el documental *Regarding Susan Sontag* (2014). Pero nunca dejó que le colgaran ninguna etiqueta, ni la de lesbiana, ni la de feminista, ninguna. De haberlo permitido, eso habría constreñido su vida y, por lo tanto, su obra.

Ya he mencionado en las páginas previas a Ellen DeGeneres. El 14 de abril de 1997, la actriz y presentadora estadounidense protagonizó la portada de la revista *Time*. En ella, aparecía fotografiada en cuclillas, vestida de negro y con unos mocasines blancos. El titular era palmario: «Yep, I'm gay» (Sí, soy gay). En las páginas interiores, DeGeneres explicaba al periodista Bruce Handy los motivos por los que había decidido *salir del armario* y detallaba lo mucho que le había costado aceptar su homosexualidad: «Hasta hace poco, yo también odiaba la palabra *lesbiana*. Lo he dicho lo suficiente como para que ya no me moleste, pero *lesbiana* me sonaba a alguien con algún tipo de enfermedad, así que usaba la palabra *gay* con más frecuencia». Aquel gesto la convirtió, seguramente sin pretenderlo, en un icono, referente de millones de personas en todo el mundo y, también, en blanco de amenazas terribles, comentarios hirientes y odios fáciles. Tras su confesión en la revista, la cadena ABC, que entonces emitía su comedia, *Ellen*, recibió un aviso de bomba y el plató fue revisado cada día por temor a posibles ataques hasta que dejó de emitirse.

Hoy, casi veintiséis años después de aquello, DeGeneres es una estrella de la televisión estadounidense cuya trayectoria han seguido con atención lesbianas como yo, que crecimos rodeadas de estereotipos, tanto homosexuales como heterosexuales. Su boda por todo lo alto con la actriz Portia de Rossi (Horsham, Australia, 1973) en 2008 en Los Ángeles (hasta 2004, el matrimonio entre personas del mismo sexo en Estados Unidos solo era legal en el estado de Massachusetts, e incluso había firmes opositores entre los demócratas) fue la demostración de que el cuento de hadas homosexual con final feliz, al menos de puertas afuera, era posible. No es que yo quisiera, ni quiera, un cuento de hadas. Nunca he creído en ellos, seguramente porque todos los que de niña me contaron, los que continúan contando a los niños, estaban protagonizados por una frágil y delicada princesa que era rescatada, de donde fuera, por un valeroso príncipe. Pero la visibilidad de personajes públicos como DeGeneres ha contribuido a que las mujeres que nos sentimos diferentes por nuestra condición sexual sigamos recorriendo el camino hasta la aceptación total un poco menos solas.

Nunca he *salido del armario*. Al menos no he pronunciado la frase que DeGeneres dijo en la famosa portada de *Time*: «Soy gay». Pero, desde que tuve clara mi condición sexual, tampoco he fingido ser lo que no era, quien no era. Es decir, siempre me he comportado de manera natural, conforme a lo que sentía y siento. Es de suponer, por pura lógica biográfica, por mi historia personal, que los años que pasé soltera, sin novio, después de las contadas relaciones, nunca serias, que aquí ya he mencionado, extrañaran a la parte más tradicional o convencional de mi familia, sobre todo en mi pueblo. «Si es que no tiene tiempo, trabaja mucho.» Es cierto, desde hace dieciocho años no he parado de trabajar en un oficio que me apasiona, he tenido esa fortuna, aunque ese no era el motivo de mi soltería. La razón es que hasta que no tuve una relación estable, que podía barruntar como duradera, no decidí presentar a esa persona, una mujer, como mi pareja. Y, en el momento en que lo hice, nadie en mi círculo cercano me juzgó, no me sentí rechazada ni cuestionada.

Se lo conté a mi familia días antes de la Nochebuena de hace unos años. «Yo vendré con L.», dije en casa de mi hermana, que es donde habitualmente nos juntamos a celebrar esos días de Navidad. «L. es mi pareja, vivimos juntas.» «Pues muy bien», leí en el rostro de todos los que allí estaban, mi padre incluido. Obviamente, era algo que sabían o que, al menos, podían intuir. «Claro, si es que Inés es lesbiana, por supuesto, pero desde bien chica, vamos.» Ya, pero yo nunca los había hecho partícipes, ni ellos a mí, de ese secreto a voces. Reconozco, eso sí, que la voz me tembló cuando lo dije, y que me quité un enorme peso de encima. Desde el principio, mis amigos consideraron a L. una más, y mi familia la ha tratado siempre con respeto y con cariño.

Yo no soy ejemplo ni referencia de nada. Cada uno es libre de actuar como quiera o como pueda, y nunca le reprocharé a nadie, ni siquiera a mi pareja, el modo en el que decide gestionar el reconocimiento de su orientación sexual ante su familia, ante sus amigos o en su entorno laboral, por mucho que me duela. Sería otra forma de ejercer la intolerancia que sufrimos. Nada hay, por otro lado, más efectivo que actuar con normalidad, aunque no sea fácil. Es lo que ha debido de pensar Jodie Foster (Los Ángeles, 1962) toda su vida adulta, e incluso antes, pues su estrella empezó a brillar a los catorce años, cuando protagonizó, junto con Robert de Niro y a las órdenes de Martin Scorsese, la película *Taxi Driver*.

Durante décadas, la actriz ha aguantado, con estoicismo, he de decir, las presiones de parte del movimiento gay (*lobbies* hay en todas partes, también en el colectivo LGTBIQ+, e intransigentes también) para que reconociera públicamente su supuesta homosexualidad. Un año tras otro, una película tras otra, una entrega de galardones tras otra... Hasta la ceremonia de los Globos de Oro de 2013, en la que recibió el premio Cecil B. DeMille por su trayectoria. «Creo que tengo una urgente necesidad de decir algo que nunca he sido capaz de decir en público, que me pone un poco nerviosa, aunque quizá no tanto como a mi representante», empezó diciendo en su discurso de aceptación. «Lo voy a decir con fuerza y orgullo, ¿vale? Y voy a necesitar vuestro apoyo. Yo... ¡estoy soltera! Me parto de risa... No, ahora en serio, no estoy bromeando, de verdad, pero casi», continuó, para sorpresa del público. Y siguió: «Espero que no estéis decepcionados porque este no sea un gran discurso de *salida del armario*. Hace miles de años que salí del armario, en la Edad de Piedra».

Con el premio en la mano, Foster también bromeó con el hecho de que la moda es que todos los famosos confiesen su homosexualidad en un *reality* o en una rueda de prensa, y dejó claro que su círculo, familiar, de amistades, siempre ha estado al tanto de su condición sexual. «Pero me han dicho que ahora, al parecer, se espera que todas las celebridades den detalles de su vida privada», bromeó, para acabar mencionando a su «expareja en el amor», la productora Cydney Bernard: «Gracias, Cyd, estoy muy orgullosa de nuestra familia moderna, de nuestros hijos increbles». No recuerdo cuántas veces he visto el vídeo de la intervención de Foster aquella noche, pero seguro que tantas como el de los Globos de Oro de 2021. Ese día, besó a la mujer con la que lleva casada desde 2014, la fotógrafa Alexandra Hedison (Los Ángeles, 1969), al conseguir el galardón a mejor actriz de reparto. Estábamos todavía en plena pandemia de COVID-19 y la gala fue telemática, con los nominados conectados de forma virtual a través de las pantallas. De hecho, el matrimonio Foster-Hedison apareció en pijama (de seda, eso sí) en el sofá de su casa. Lo dicho: nada hay más efectivo que la naturalidad.

Estereotipos que no se olvidan

Desde el año 2008, el 26 de abril se celebra en España el Día de la Visibilidad Lésbica, fecha también elegida por otros países como Colombia, Ecuador, México, Perú o Venezuela. La conmemoración nació, según los colectivos organizadores, para «promover la inclusión de la realidad lésbica en medios de comunicación, políticas públicas, comunidad educativa y, en definitiva, todos los ámbitos sociales, favoreciendo la salida del armario de esta parte del colectivo LGTBI+, muchas veces olvidada». No soy yo muy partidaria de los *días de*. Quiero decir que considero que los esfuerzos que se vuelcan anualmente, durante un periodo de tiempo muy concreto, en reivindicar los derechos de las mujeres (8 de marzo), de los homosexuales (28 de junio) o de cualquier otra minoría víctima de la discriminación deberían hacerse a lo largo de todo el año, repartirse los 365 días del mismo.

El problema de centrar todos los afanes reivindicativos en fechas concretas es la amnesia social, un peligro todavía mayor en nuestras sociedades, en las que la inmediatez ha sustituido a la actualidad. Eso y el riesgo de que el movimiento se convierta en esa moda que termina siempre pasando. Pero entiendo, no obstante, la importancia de marcar en el calendario ciertas fechas, pues de lo contrario las personas sobre las que ese día se pone el foco permanecerían siempre en la oscuridad.

Dicho esto, confieso que hasta hace poco desconocía que en España existiera el Día de la Visibilidad Lésbica, y que se celebrara el 26 de abril. Aunque desde que lo sé me siento más responsable de formar parte de ese colectivo «muchas veces» olvidado. Un olvido que las mujeres homosexuales llevamos sufriendo desde que nos atrevimos a amar a quien no debíamos, pues eran los hombres los que tenían que recibir todas nuestras atenciones, también las amorosas. Vivimos, desde hace siglos, en una sociedad que, además de heteropatriarcal, es machista, y las lesbianas nos hemos llevado la peor parte de ambos condicionamientos. Ser mujer y homosexual te convierte en víctima de una doble discriminación. De ahí que, en parte, hayamos descuidado nuestro *relato*.

Una palabra, *relato* (en su tercera acepción: «Reconstrucción discursiva de ciertos acontecimientos interpretados en favor de una ideología o de un movimiento político»), que se ha desvirtuado en los últimos tiempos debido a tanto mal uso y abuso. Pero, en mi opinión, las lesbianas hemos perdido la batalla del relato, o tal vez solo hayamos renunciado a librarla en favor de nuestra propia supervivencia. Hoy veo con orgullo y cierta envidia cómo las generaciones más jóvenes, aquellos a los que saco diez, quince, veinte años, hablan de la identidad y de la orientación sexual con conocimiento, con libertad, con sensibilidad y empatía: género no binario, transgénero, de género fluido, *genderqueer*... Incluso han hecho de los pronombres (*she/her, he/him, they/them*) su mejor carta de presentación en las redes sociales, su hábitat natural, y todas esas realidades, sus historias, se van filtrando poco a poco en la cultura *mainstream*, anglicismo sin hueco aún en el Diccionario, pero referente a la tendencia o corriente mayoritaria. Y eso es algo maravilloso, porque es la única forma de que la marginalidad pase a ocupar el centro de la sociedad hasta redefinirla.

Este libro es una prueba de que, sin alharacas ni aspavientos, pues puedo ser cualquier cosa salvo excesiva, cada vez estoy más concienciada de la necesidad de seguir visibilizando la realidad lésbica. Una realidad construida mediante estereotipos y, por tanto, desconocida. No voy a entrar en el debate de qué es lo femenino («Propio de la mujer o que posee características atribuidas a ella», según la segunda acepción del término en el Diccionario), pero ya es hora de desterrar del imaginario colectivo la imagen de la lesbiana como una mujer masculina, es decir, «que posee características atribuidas» al varón. Las lesbianas no somos *sólo camioneras*, y añado el adverbio, tildado, además, para aclarar que estoy totalmente a favor de que cada cual se vista y se peine como quiera, y que ame a quien quiera. Faltaría más.

Ya he contado que de pequeña detestaba las faldas y los vestidos, y eso que mi madre siempre nos llevaba a mi hermana y a mí vestidas igual, mayoritariamente con faldas y vestidos. Desde que me gané el derecho a elegir mi vestuario hice lo que todo el mundo hace: vestirme como quería. Y eso sacó de mi armario (risas) las faldas y los vestidos (salvo en verano). Para recibir el Premio Nadal, por ejemplo, llevé un esmoquin, una prenda que, por cierto, aparece descrita en el Diccionario como «masculina de etiqueta».

¿El hecho de que tenga ese estilo vistiendo me convierte en lesbiana? ¿Existe una relación causal entre mi gusto por los pantalones, las sudaderas y las zapatillas y la atracción sexual que siento hacia las mujeres? No, por supuesto que no. Y viceversa: una lesbiana puede serlo y disfrutar llevando faldas, vestidos, maquillaje... Yo nunca me maquillo (tampoco la noche del Nadal), no me gusta. Además de ver a otra persona cuando me miro en el espejo, me molesta sentir el maquillaje en la cara, es como si la tuviera sucia. Y, aun así, cada vez que he ido a un plató de televisión para dar una entrevista o que he aparecido en un reportaje para una revista de las denominadas *femeninas*, es decir, destinadas a mujeres, me han maquillado pese a mis reticencias al respecto, advertidas antes y con tiempo. ¿Por qué se da por sentado que una mujer, para verse guapa y atractiva, para lucir así ante los demás y que la vean de ese modo, debe maquillarse? Por la misma razón por la que hay gente que al pensar en una lesbiana ve siempre a una mujer masculina.

Es una trampa en la que yo también he caído, ojo, un prejuicio del que he sido víctima. Los estereotipos son poderosos, y por eso cuesta tanto acabar con ellos. Antes de atreverme a besar a una mujer, incluso antes de imaginarme haciéndolo, en mi mente la lesbiana era el prototipo de *camionera* o alguien con rasgos y comportamientos más propios de los hombres, incluso por su actividad profesional (como si una modelo no pudiera ser homosexual..., ja). Para mí era imposible que, por ejemplo, mujeres como Sarah Paulson o Portia de Rossi, ya mencionadas en estas páginas, pudieran sentirse atraídas por otras mujeres. Imposible e impensable. Mi imaginario se había formado nutriéndose de todas las imágenes de lesbianas que veía en la cultura convencional.

En 1993 yo tenía diez años. Por tanto, no fui consciente del revuelo que causó la portada del número de agosto de la revista *Vanity Fair*, en la que la modelo Cindy Crawford aparecía en bañador afeitando a la cantante K. D. Lang (Edmonton, Canadá, 1961), que vestía pantalón, camisa, chaleco y corbata. En las páginas interiores, la cosa iba a más, ya que se hacía realidad la fantasía sexual de la canadiense, con Crawford como protagonista. Las fotos formaban parte de una entrevista en la que la cantante hablaba, entre otras cosas, de lo que para ella había supuesto crecer siendo homosexual. «No sé por qué soy gay. Encuentro a las mujeres más tentadoras, tanto emocional como sexualmente», aseguraba en el reportaje, en el que la periodista Leslie Bennetts hacía esta apreciación: «Siempre parece haber tenido una relación razonablemente fácil con su sexualidad. Su conexión con su feminidad es más problemática. Mirándola en este momento, uno podría confundirla fácilmente con un chico muy guapo y de rostro suave, a pesar de la variedad de pulseras de plata que lleva en su muñeca. Lleva vaqueros rotos, una camiseta blanca con una camisa vaquera encima y unas botas de goma. Toma un tiempo darse cuenta de que hay un cuerpo femenino dentro de esa ropa». La estética. El estereotipo. Los prejuicios. Los medios.

Descubrí esa portada, y a K. D. Lang, al escuchar, hace años y gracias a P., un disco maravilloso, *Hymns of the 49th Parallel* (2004), en el que interpretaba sus canciones favoritas de otros artistas canadienses. Ahí estaban (lo están, os recomiendo que busquéis el álbum y os dejéis mecer, acompañar por él): *Helpless*, de Neil Young; *A Case of You*, de Joni Mitchell; *Hallelujah*, de Leonard Cohen; *Fallen*, de Ron Sexsmith; *Love is Everything*, de Jane Siberry; *One Day I Walk*, de Bruce Cockburn... Y *Simple*, compuesta por ella y cuya letra dice: «Love will not elude you, love is simple» (El amor no te eludirá, el amor es simple). Lo es, claro que lo es. El problema llega cuando somos nosotros quienes lo eludimos, por miedo, por vergüenza, por incomprensión o por desconocimiento, o cuando la sociedad de la que formamos parte, sus circunstancias, sus prejuicios, sus estereotipos, su intolerancia, nos lleva a eludirlo. Así de simple.

Todas las tenistas son lesbianas y otros falsos axiomas

Siempre me ha gustado practicar deporte, lo mismo que verlo. De chica, me chiflaba el fútbol, como ya he contado, pero en el pueblo no había ningún equipo femenino (sigue sin haberlo) y, además, no estaba bien visto que las niñas nos metiéramos en esos asuntos (no diré que esto continúa pasando, pero todavía llama la atención si alguna se cuela en las pachangas, y siempre corre el riesgo de ser tildada de *marimacho*). Tradicionalmente, el deporte ha sido una actividad más propia de los hombres que de las mujeres, incluso en la infancia. Y eso se debe a que el heteropatriarcado también ha extendido sus larguísimos tentáculos hasta ese mundo. Tanto es así que la presencia de las mujeres en las diferentes disciplinas deportivas no se normalizó hasta hace unas décadas, y siempre muy por detrás, en visibilidad mediática y reconocimiento económico, de los hombres. Decir que el deporte profesional es machista es una tautología comparable a enunciar que una rosa es una rosa. Y no es ese el asunto que busco tratar en estas líneas, aunque sí apuntaré un dato al respecto: Kylian Mbappé, el futbolista mejor pagado del mundo, gana 131 millones de euros al año; Sam Kerr, su equivalente en el fútbol femenino, cobra 513.000 euros por temporada.

Ya que no podía jugar al fútbol, me apunté, dentro de las actividades extraescolares, al equipo de baloncesto del colegio (ese deporte sí podíamos practicarlo las mujeres, quienquiera que fuera lo consideraba más apto para nosotras, a saber por qué). Durante varias temporadas, disfruté de un juego que, seguramente, me tomaba demasiado en serio, como me pasa con todo, por otra parte. No es que fuera competitiva. Nunca lo he sido, siempre he llevado bastante bien las derrotas (salvo cuando pierde el Atleti, un *defecto* que heredé de mi abuelo). Pero sí tenía que demostrarme, en cada entrenamiento, en cada partido, que daba lo máximo de mí misma, hasta acabar exhausta. Es una relación bastante complicada, peligrosa, que mantengo conmigo: me exijo siempre hasta que ya no puedo más, hasta el castigo, casi, y lo hago en todo, incluso en la escritura, el mayor de todos mis placeres.

Con esos precedentes era bastante lógico que, cuando me diagnosticaron la anorexia, me prohibieran hacer deporte. Fue una prohibición también sustentada en mi frágil estado físico, tan deteriorado que de no haber ingresado en el hospital habría sufrido un infarto. No obstante, por mi propio bien, decidí mantenerme alejada de la actividad deportiva incluso cuando recuperé el peso que debía tener según mi edad y también durante los años que seguí en tratamiento hasta que me dieron el alta definitiva. Hoy solo practico deporte de manera ocasional, y cada vez que lo hago corro el riesgo de pasarme, de ir demasiado lejos, de machacarme hasta que mi cuerpo dice basta y ya es demasiado tarde. Para mí es un juego peligroso.

Ese necesario, paradójicamente sano, distanciamiento con una práctica que, por otro lado, me deparó muchos momentos de diversión, tanto en mi infancia como en mi adolescencia, hizo que fuera descubriendo mi sexualidad alejada del deporte y, por lo tanto, de sus referentes, de las lesbianas que fueron abriendo el camino, iluminándolo. Y eso que el deportivo es un territorio especialmente hostil, más bien inhóspito, para la comunidad LGTBIQ+. En los Juegos Olímpicos de Londres de 2012, únicamente veinte atletas (participaron 20.000) declararon abiertamente su homosexualidad, mientras que en los siguientes, en Río de Janeiro, fueron 43 (la cifra de participación descendió aquel año a la mitad: 10.000). El número se elevó hasta 163 en Tokio, ciudad en la que se celebraron las últimas Olimpiadas, en las que compitieron más de 11.000 deportistas.

Igual que sí buscaba dar con mujeres homosexuales en la literatura, en el cine, en las series y, en fin, en todos los campos llamados a configurar mi identidad, de los que esta debía nutrirse, no reparaba tanto en ellas en el fútbol o en el baloncesto, ni siquiera en el tenis, deporte que tradicionalmente ha sido objeto de burla grosera y zafia al respecto. En 1981, dos años antes de que yo naciera, Martina Navrátilová (Praga, 1956), entonces una de las grandes estrellas del tenis femenino mundial, confesó al *New York Daily News* que era lesbiana. Fue la primera deportista estadounidense (adquirió la nacionalidad en 1975) que *salió del armario*. Lo hizo después de aguantar durante mucho tiempo el acoso de la prensa, que había empezado a conjeturar sobre la sexualidad de los deportistas, a hablar de ella desde el amarillismo. A raíz de aquello, Navrátilová, que se retiró en 1994, vio cómo su caché publicitario menguaba. Sus patrocinadores no volvieron a tratarla igual.

Tuvieron que pasar dieciocho años para que otra tenista, la francesa Amélie Mauresmo (Saint-Germain-en-Laye, 1979), se atreviera a dar el mismo paso. Fue durante el Open de Australia de 1999, cuya final perdió frente a Martina Hingis, que llegó a decir de ella que era «medio hombre» debido a su corpulencia. Me acuerdo perfectamente de aquel partido y también de que, por lo que fuera, yo le tenía un poco de tirria a Hingis. «Está claro que no voy a lograr un apoyo unánime en esto. Pero no importa lo que haga, siempre habrá gente en mi contra. Con eso en la mente, decidí dejar clara mi sexualidad», dijo Mauresmo, que entonces tenía diecinueve años (me saca cuatro), en el *International Herald Tribune* poco después de que acabara el torneo. En la entrevista, aseguraba igualmente que había «muchas otras jugadoras que son como yo y no dicen nada, hacen como si nada», y pedía respeto. ¿Serviría su decisión como ejemplo para esas compañeras, para todas esas tenistas?, le preguntó el periodista. «Tal vez. Eso espero, sobre todo por ellas, porque en este momento son ellas quienes lo están pasando mal al tener que lidiar con esa situación. Lo siento por ellas», remató.

A Navrátilová y Mauresmo les siguieron otras tenistas de distintas generaciones como Gigi Fernández (San Juan, Puerto Rico, 1964), Rennae Stubbs (Sídney, 1971), Johanna Larsson (Boden, Suecia, 1988) o Daria Kasátkina (Toliatti, Rusia, 1997). En julio de 2022, esta última confesó en una entrevista que mantenía una relación con una mujer y dijo que le resultaba imposible «vivir en el armario». «Muchos temas son tabú en Rusia. Esa idea de que alguien quiere ser gay o volverse gay es ridícula. Creo que no hay nada más fácil en este mundo que ser heterosexual. En serio, si hay una opción, nadie elegiría ser gay. ¿Por qué hacerte la vida más difícil, especialmente en Rusia?» ¿Por qué? ¿Valor? ¿Valentía? ¿Compromiso? ¿Honestidad? Sí, por todo eso. O, en palabras de la propia Kasátkina: «Vivir en paz contigo misma es lo único que importa, y que se jodan los demás».

¿Quiere esto decir que todas las tenistas profesionales son lesbianas? No. Y la misma afirmación es extensible al resto de las disciplinas deportivas. ¿Ayudan todos los ejemplos anteriores a seguir normalizando la homosexualidad en el deporte? Sí. Hace unos años, Navrátilová le confesó a la periodista y escritora de *The New Yorker* Masha Gessen que, cada vez que la prensa le preguntaba por su orientación sexual cuando todavía no la había hecho pública, desviaba la pregunta: «Nunca dije que no era gay. Solo dije: "No quiero hablar de eso, es privado". Y realmente siento que es algo privado. Pero es una pregunta que nunca le harían a un hombre. Las mujeres teníamos que demostrar que éramos heterosexuales, porque el deporte no es una práctica de chicas». Navrátilová también dijo entonces algo muy elocuente sobre la cantidad de tenistas lesbianas que había (hay) en el circuito profesional: «Porcentualmente, la proporción no es mucho más alta que en la población general. Había muchas más lesbianas en el golf, pero estaban más encerradas».

Massa Gessen, de origen soviético y gran defensora de los derechos del colectivo LGTBIQ+, había llamado a la extenista para preguntarle por la futbolista Megan Rapinoe (Redding, California, 1985), ganadora de una medalla de oro olímpica y dos veces campeona del mundial femenino, además de orgullosa lesbiana (su pareja es la exjugadora de baloncesto Sue Bird, abanderada de Estados Unidos en los Juegos de Tokio). «Es simplemente fantástico. Es algo que ha costado mucho tiempo, y que empezó hace treinta años. Parece que ha sucedido muy rápido, el matrimonio homosexual y todo eso, pero si lo estás viviendo dentro, si estás en medio de eso, te das cuenta de que ha sido un proceso muy lento. Estoy encantada de que no solo esté bien, sino de que cada vez sea menos importante. Cuando la gente sale del armario, ya no aparece en los titulares. Siempre he dicho que esperaba que llegara el día en el que no fuera un problema, y ya no lo es. Es exactamente por lo que he estado luchando durante décadas. Estoy emocionada», le dijo Navrátilová. La misma emoción que sentí yo al leer *One life* (Libros Cúpula, 2021), la autobiografía de Rapinoe, claro ejemplo, en este caso literario, además, de que la única forma efectiva de combatir la intolerancia es haciendo algo al respecto. Nunca hay que ponerse de perfil ni ocultarse.

Todas las deportistas que en los últimos años se han atrevido a reconocer abiertamente su homosexualidad, incluso arriesgando sus carreras, perdiendo contratos publicitarios millonarios, tuvieron el ejemplo de Navrátilová, igual que ella contó en su momento con el de Lily Parr (1905-1978), pionera del fútbol británico y de la lucha por la libertad sexual. Porque siempre hubo alguien antes que nosotras, y lo habrá después.

Hay una lesbiana en mi película

Desde su invención por los hermanos Lumière a finales de 1895, el cine ha sido la mejor herramienta para contar una historia, y también la más efectiva. Es, podríamos decir, la más *popular* (en su quinta y última acepción en el Diccionario: «Que es estimado o, al menos, conocido por el público en general») de todas las artes, y su capacidad de influencia en la configuración de la opinión pública, del imaginario colectivo, es notable, por no decir extraordinaria. Tanto es así que no han sido pocas las ocasiones en las que, a lo largo de la historia más bélica, se ha empleado incluso como arma política y de propaganda, y hay significativos estudios y ensayos al respecto. Las realidades que el cine retrata son reales, valga la redundancia, los personajes que lo protagonizan están sacados de nuestra vida, forman parte de ella. Y todo lo que omite, todo lo que no aparece en la pantalla, grande o pequeña, no existe. Es una conclusión falsaria y, sin embargo, mayoritariamente aceptada. De hecho, hasta hace relativamente poco, los roles marginales estaban condenados a figurar siempre en un plano secundario en los guiones. Y más aún si la homosexualidad, sobre todo la femenina, aparecía en la trama de la película, que en ese caso pasaba a ser etiquetada dentro del *cine de género*. ¿Qué clase de género? ¿Gay? ¿Lésbico? ¿Bisexual? ¿Por qué no solo cine?

Mi generación se formó cinematográficamente durante su infancia viendo las películas de Disney (el equivalente de hoy sería Pixar), basadas en los cuentos infantiles, de *La sirenita* a *La bella y la bestia*. Recuerdo que me pasaba todo el año ahorrando parte de la paga que mis padres nos daban los domingos (veinte duros) para poder regalarle a mi hermana por su cumpleaños, a finales de septiembre, la cinta en VHS que tocara ese año, pues la compañía de Mickey sacaba un estreno anual en ese formato. No me voy a detener en los argumentos de aquellas películas, pero en todos ellos la historia de amor era siempre entre un hombre y una mujer. Y puedo entenderlo, se me puede convencer diciéndome que la sociedad va avanzando poco a poco, que estábamos a principios de la década de los noventa, que los derechos sociales se consiguen con el tiempo, y que blablablá. Pero de aquello han pasado ya más de treinta años y desde entonces la única película de animación, y por tanto más enfocada al público infantil, con un protagonista homosexual ha sido *Lightyear* (Angus MacLane, 2022). ¡Y hay un beso lésbico en ella! Eso sí, la escena en la que aparece fue objeto de una intensa polémica incluso antes de que el filme se estrenara (se llegó a decir que la compañía de Bob Iger podría eliminarla del metraje final), y países como Egipto, Emiratos Árabes Unidos, Indonesia o Malasia anunciaron que lo prohibirían. Pero no es algo característico únicamente de las historias de Disney, empresa de una larga y conocida tradición conservadora. Es una circunstancia que afecta a todo Hollywood, que además de la meca del cine es la mayor industria cinematográfica del mundo y, como tal, teme perder clientes de optar por una mayor diversidad, también sexual. Y eso que la primera película lésbica de la historia del séptimo arte, la alemana *Mädchen in Uniform* (Muchachas de uniforme), inspirada en una obra de teatro de la dramaturga Christa Winsloe (1888-1944), se estrenó en 1931, dos años antes de que Adolf Hitler fuera nombrado canciller de Alemania.

No soy una gran cinéfila, ni tampoco muy entendida en la materia, aunque hasta que empezó la pandemia de COVID-19 solía ir al cine una vez a la semana. Mi orientación sexual no es, lógicamente, determinante en mis gustos, no los marca ni los condiciona, no los establece, pero desde que tuve claro mi lesbianismo, e incluso antes, solía (sí, en pasado, hace tiempo que dejé de hacerlo, por inútil) buscar en la cartelera películas con personajes de mujeres homosexuales. Quería verme reflejada en la pantalla, existir, si bien muy pocas veces lo conseguía. La mayoría de los estrenos contaban (en realidad, el verbo, *contar*, podría ir en presente, pues es algo que sigue pasando) historias de amor heterosexuales, y cuando no era así el drama estaba asegurado, el final nunca era feliz. Una mujer conoce, un fatídico día, a otra mujer, atrevida y provocadora, con apariencia masculina, que la saca del buen camino, la pervierte y la lleva a engañar a su marido y a traicionar a su familia. Ese podría ser un buen resumen de la trama de una película, comercial y no tanto, con el lesbianismo en su guion. Da igual la época en la que esté ambientada, del lejano Oeste a la actualidad.

Creo que fue *Los chicos están bien* (2010) el primer filme que vi en una sala de cine (no en casa) con la ilusionante esperanza de reconocerme en sus protagonistas. Han pasado los suficientes años desde su estreno para que nadie me acuse de hacer un *spoiler*, y además necesito contar cómo acaba para explicar lo enfadada que me sentí, frustrada, engañada, al salir del cine aquel día. Annette Bening y Julianne Moore dan vida a una pareja de lesbianas que vive en California (nótese que estas historias casi siempre transcurren en la Costa Oeste estadounidense) con sus dos hijos adolescentes, ambos fruto de la inseminación artificial y obsesionados con conocer a su padre biológico. Este está interpretado por Mark Ruffalo, que al final se queda con el personaje de Moore (la más femenina del matrimonio, por cierto), que cae rendido a sus encantos. Maravilloso: la lesbiana masculina acaba sola porque su mujer se da cuenta de que, en realidad, le atraen los hombres gracias a la virilidad del padre biológico de sus hijos (la colonización del placer sexual femenino por parte del *heteropatriarcado*, término que, por cierto, todavía no ha entrado en el Diccionario, merecería todo un libro). Así es como Hollywood ejerce la integración y hace bandera de ella.

Y eso que al frente de *Los chicos están bien* estaba Lisa Cholodenko, que en 1998 había dirigido *High Art*, película que narra la tormentosa relación entre dos mujeres y que en su momento pude comprar en DVD gracias al circuito independiente. Ese mismo día me hice con *Fucking Åmål*, filme sueco de finales de los años noventa, hoy de culto, que fue pionero en retratar la homosexualidad en la adolescencia.

Es ese, el independiente, el cine que más y mejor ha reflejado la realidad lésbica, con las excepcionales salvedades de la ya mencionada *Carol* y de *La favorita* (Yorgos Lanthimos, 2018), por la que Olivia Colman ganó el Óscar a la mejor actriz dando vida a una inestable, en lo personal y en lo político, reina francesa del siglo XVIII. En los últimos años, se me ocurren varios ejemplos extraordinarios, tres de ellos curiosamente ambientados en ese tiempo pasado que no siempre fue mejor: *Retrato de una mujer en lla-*

mas (Céline Sciamma, 2019), en la Francia de finales del XVIII; *Ammonite* (Francis Lee, 2019), en la Inglaterra de 1840, con Kate Winslet y Saoirse Ronan en los papeles principales, y *El mundo que viene* (Mona Fastvold, 2020), wéstern de mediados del siglo XIX con Vanessa Kirby y Katherine Waterston como protagonistas. También podría mencionar *La belle saison* (Catherine Corsini, 2015), *La vida de Adèle* (Abdellatif Kechiche, 2013), *Las herederas* (Marcelo Martinessi, 2018) o *Disobedience* (Sebastián Lelio, 2017). Sin embargo, en mi lista no tiene lugar *Monster* (Patty Jenkins, 2003), película en la que Charlize Theron interpreta a una lesbiana (se llevó el Óscar, ya saben lo que a Hollywood le gusta una transformación física), sí, pero a una lesbiana prostituta, horrenda y psicópata. Aquel filme estaba basado en una historia real, la de Aileen Wuornos, asesina en serie que fue ejecutada el 9 de octubre de 2002 en el estado de Florida.

En las antípodas de ese personaje está Lydia Tár, la directora de orquesta y compositora a la que Cate Blanchett da vida en *TÁR* (Todd Field, 2022). O quizá no tanto. Lesbiana declarada, elegante, con estilo, exitosa, rica, ambiciosa, casada con otra mujer con la que tiene una hija... En la película, que no admite interpretaciones simplistas ni taxativas, pues se mueve en la ambigüedad, Tár ejerce su poder con despotismo, abusa de él, y no solo en el terreno profesional, también en el sexual. Reconozco que fui al cine con mucha curiosidad, estaba ansiosa. L. y yo no conseguimos entradas el fin de semana de su estreno en España, por lo que tuve que esperar una semana mientras leía críticas maravillosas sobre la interpretación de Blanchett. Pero verla me dejó un sabor agridulce que, con las horas, con los días, se convirtió en amargo. Otra vez el rol de lesbiana dominante, coleccionista de amantes, inestable, de origen marginal, con una oscuridad psicológica digna de tratamiento...

Y algo parecido piensa Marin Alsop (Nueva York, 1956), la directora de orquesta más célebre del mundo. Alsop también es lesbiana y está casada con una intérprete de música clásica con la que tiene un hijo. Como Lydia Tár, dirige una beca para jóvenes y, al igual que ella, tuvo como mentor a Leonard Bernstein (1918-1990). Al ser preguntada por el filme en una entrevista en *The Sunday Times*, Alsop dijo que la decisión de Todd Field de «retratar a una mujer en ese papel y convertirla en una abusadora» fue «desgarradora», puesto que hay «muchos hombres, hombres reales, en los que la película podría haberse basado». Aseguró, además, sentirse «ofendida como mujer, como directora de orquesta y como lesbiana». Y no me extraña. Yo no soy directora de orquesta, soy escritora, pero sí soy mujer y lesbiana, y a medida que ha ido pasando el tiempo desde que vi *TÁR* me he ido sintiendo cada vez más ofendida.

Pese a los estereotipos, a pesar de las decepciones, yo sigo buscando en el cine lo que tengo la suerte de poder experimentar en la vida real. L. ya se ríe (ella es mucho más pragmática que yo, en todo), porque no hay tarde de sábado, ni de domingo, en la que no me pase un buen rato rastreando en los catálogos de las plataformas de *streaming* a las que estamos suscritas hasta dar con alguna película de temática lésbica. Y una de las últimas me abrió, todavía más, los ojos. Fue *Entre nosotras* (Filippo Meneghetti, 2019), candidata de Francia a los Óscar en 2021. En apariencia, el filme, de corte intimista, cuenta la historia de amor entre dos mujeres jubiladas (una, soltera; la otra, viuda y con dos hijos ya mayores) que desde hace décadas mantienen una relación secreta. Pero es mucho más que eso. Es la evidencia de las innumerables historias que se han quedado por contar, en el camino, de las vidas no vividas, o no del todo.

Me pregunto cuántas mujeres habrán estado en la misma situación que Nina y Madeleine, las protagonistas de *Entre nosotras*; cuántas habrán tenido que reprimir su verdadera sexualidad o la habrán vivido a escondidas; cuántas habrán renunciado a ella por su familia, porque se debían a su marido y a sus hijos, porque esa era la única realidad que conocían, la única permitida. Y la respuesta es muchas, muchísimas, una completa genealogía de mujeres que tendrían que haber podido amar en libertad, pero que no tuvieron la opción de hacerlo. Para ellas es este libro.

Epílogo
Yo no soy valiente

Tengo una relación difícil, bastante compleja, con el adjetivo *valiente*. Sí, habréis comprobado, después de la lectura de estas páginas, que me relaciono con las palabras de un modo especial. A algunas las quiero, a otras las odio. Creo que por ninguna siento indiferencia. Y en ese ir y venir de sentimientos provocados por simples vocablos, el uso de *valiente* no me agrada en exceso ni me convence. Sobre todo, la segunda acepción que tiene en el Diccionario: «Dicho de una persona: capaz de acometer una empresa arriesgada a pesar del peligro y el posible temor que suscita». Y mucho menos que esa supuesta *valentía*, esa «Cualidad de valiente», se reconozca y se ensalce debido a *empresas* («Acción o tarea que entraña dificultad y cuya ejecución requiere decisión y esfuerzo») que en mi opinión no conllevan riesgo alguno. Por ejemplo, escribir este libro.

Yo no soy *valiente* por haber tecleado en mi ordenador los miles de palabras que acabáis de leer, por haber decidido contar mi historia a través de muchas otras, pues para hablar de una misma hay que hablar siempre de las demás. Puedo haberme expuesto, tal vez, según la acepción de ese verbo, *exponer*, que significa «Poner algo o a alguien en situación de sufrir daño o perjuicio». Habrá quien así lo piense. Yo no. En cualquier caso, el *daño* o el *perjuicio* que estas páginas puedan acarrearme serán termómetros muy fiables de la verdadera tolerancia, del auténtico rostro inclusivo, del avance, en definitiva, de una sociedad en la que todavía hay términos que son tabúes, como *lesbiana*.

La narración de estos hechos, en los que la teoría y la práctica se hermanan hasta confundirse, como siempre en el arte, que es pura vida, y viceversa, responde a una necesidad. Aunque no me haya dado cuenta hasta el final. Lo que empezó como un relato reivindicativo, como un acto de responsabilidad y compromiso fruto del crítico momento histórico que atravesamos (vistos en retrospectiva, todos lo son), ha terminado siendo un desahogo, un paso más en el conocimiento propio al que siempre conduce la literatura. Porque yo escribo para saber quién soy, también este libro.

«¿Por qué ser feliz cuando puedes ser normal?», le preguntó a la escritora Jeanette Winterson (Mánchester, 1959) su madre adoptiva cuando, a los dieciséis años, le dijo que estaba enamorada de otra joven porque la hacía feliz. Tiempo después, la autora decidió emplear esa frase, ese cuestionamiento, como título de sus memorias. «He escrito muchas obras de ficción, pero *¿Por qué ser feliz cuando puedes ser normal?*... ¿qué es en realidad? ¿Unas memorias? Tal vez. ¿Una autobiografía? Quizá. Para mí es un experimento con las vivencias. Un relato de mi vida aunque deje de lado los veinticinco años del medio. La historia de cómo fui a caer con unos padres evangélicos pentecostales, que me adoptaron y se empeñaron en que fuera misionera y salvara almas en países tropicales, y de lo que sucedió cuando me enamoré de una chica, cuando los libros entraron en mi vida, cuando me marché a Oxford, cómo me convertí en escritora y cómo sobreviví a todas las cosas extrañas que han constituido mi vida. No son unas memorias tristes: es un libro sobre la esperanza, sobre los cambios, sobre la buena suerte y las oportunidades, y te reconfortará.» Son palabras de la propia Winterson, y no puedo estar más de acuerdo con ella.

¿Por qué ser feliz cuando puedes ser normal? es una obra esperanzadora y luminosa pese a la oscuridad que encierra. «Buscar la felicidad, algo que hice y todavía hago, no es lo mismo que ser feliz, algo que considero fugaz, dependiente de las circunstancias y un poco soso. Si el sol brilla, deja que te dé –sí, sí, sí–. Los tiempos felices son maravillosos, pero los tiempos felices pasan –así tiene que ser– porque el tiempo pasa. La búsqueda de la felicidad es algo más difícil.» Así reza uno de los párrafos que subrayé la primera vez que leí ese libro (he vuelto a él, después, en muchas otras ocasiones, y lo sigo haciendo), en la edición que Lumen publicó en España a principios de 2012. Hacía tiempo que yo había decidido buscar la felicidad y, en mi vocabulario propio, el que me define, la palabra *normal* había pasado a ser sinónimo de *normativo*, «Que fija la norma» o pertenece a ella.

A lo largo de mi vida, he tenido ocasión de disfrutar de muchos de esos «tiempos felices» a los que se refiere Jeanette Winterson, aunque en el recuerdo siempre tiendan a pesar más los tristes. Sería absurdo, muy necio, no reconocerlo. Soy una privilegiada, una superviviente, sí, pero muy afortunada. En España, la homofobia es un delito. El Código Penal establece que «Serán castigados con una pena de prisión de uno a cuatro años y multa de seis a doce meses» aquellos que «públicamente fomenten, promuevan o inciten directa o indirectamente al odio, hostilidad, discriminación o violencia» contra una persona por «su sexo, orientación o identidad sexual», siendo estas, además, «circunstancias agravantes». Esa ley se aprobó en noviembre de 1995.

Vivo en un país en el que el matrimonio entre personas del mismo sexo es legal desde el año 2005. Si quisiera, podría casarme con mi pareja, que es una mujer, y eso que la primera acepción de *matrimonio* en el Diccionario dice que es la «Unión de hombre y mujer, concertada mediante ciertos ritos o formalidades legales, para establecer y mantener una comunidad de vida e intereses».

También, si quisiera, podría ser madre mediante la adopción o a través de un tratamiento de fertilidad (no es el caso, aunque es una decisión vital que nada tiene que ver con mi orientación sexual, la habría tomado igual de ser heterosexual). Pese a que hace no tanto, en 2014, el Partido Popular excluyó a las lesbianas de la reproducción asistida en la Sanidad Pública (el texto legal fijó como requisito para que el Estado financiara el tratamiento la «ausencia de consecución de embarazo tras un mínimo de doce meses de relaciones sexuales con coito vaginal» y la «existencia de un trastorno documentado de la capacidad reproductiva»), esa exclusión está hoy revertida. Aunque son muchas las dificultades y los vericuetos legales que debemos sortear, a veces de manera infructuosa, en España las mujeres homosexuales tenemos derechos filiales.

Pero esos derechos fundamentales, como todos los demás, pueden perderse. Y por eso hay que seguir defendiéndolos día a día con hechos y con palabras como estas. Porque la literatura también es un compromiso.